# 1 親愛的，我們生個孩子吧！

他突然問我：「這是妳想要過的日子嗎？」我說：「是！這就是我想過的好日子！」看著老公微笑點點頭，再看看我天使般的心肝肝，我曉得，這樣幸福簡單的小日子，我想過一輩子！

## ✦工作狂不結婚

結婚？這個名詞對我來說曾經像是天方夜譚，雖然演戲可能都結了好幾次婚，但，我其實是個抱持不婚不生主義的人。

努力工作，照顧媽媽、陪媽媽養老，就是我這輩子的目標了。跟我合作過的人應該都知道，大S＝女超人、工作狂，上工的時候就是快狠準，把一切做到最好。休息的時候，就窩在家看書、當宅女，離開五光十色之後，我需要安靜和獨處。

「親愛的，我們結婚吧！」這句話出現在我生命中的機率，大概比被外星人綁架的機率還低吧。

不嚮往婚姻，可是我喜歡小孩，應該說是瘋狂地愛小孩，特別是嬰兒。所以當妹妹有了女兒之後，我也算有小孩了，她的女兒就是我的女兒，理所當然地視為自己的來帶；我的姐姐也有兒子，想找個小孩來疼一點都不是難事，他們也都知道姨媽有多愛他們。

我從來不覺得沒有婚姻或小孩，人生就不算完整，如果好好過日子、每一天都活得沒有遺憾，人生也很完整啊！

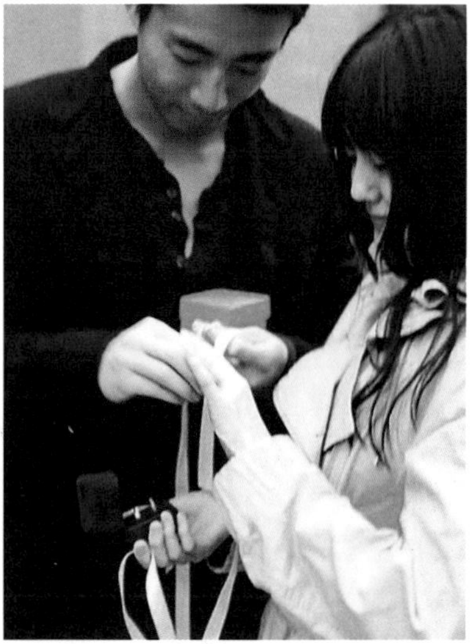
在王府井街邊的教堂外交換戒指，私定終生！

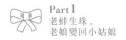

## ✦簡單幸福小日子

直到後來，有一天我遇到了汪小菲。

那種時候你才會驚訝緣分的奇妙，因為我一看到這個人就感覺他好熟悉，彷彿已經跟他相處了好幾輩子，一種很自然的感覺。

「我要生這個人的孩子。」這樣的念頭從我心裡面冒出來。

很巧的是，我老公對我也有一樣的感覺。我們兩個人居然一見鍾情，而且見過四次面之後就決定結婚。在別人看來，我們的發展快得不可思議，甚至有媒體揣測說我是先有後婚，才趕緊帶球嫁。對這樣的無稽之語我們一笑置之，不是為了嫁入豪門，也不是怕老了會孤獨死去，如果有人問，我會坦誠告訴對方，他就是我失落的一角。

在馬爾地夫跨年，當時還在熱戀期！

愛在台北時。

經過重重申請，終於正式領證成為合法夫妻～～

時間長短從來都不重要，重要的是，妳知道身邊的這個人妳想跟他生小孩、過一輩子。

「親愛的，我們生個孩子吧！」比起浪漫的求婚、盛大的婚禮，我更愛這樣的誓言，就算外星人來也綁架不走的幸福，此刻正真實地握在我的手心裡。

那天，和老公在床上逗著玥兒玩，他突然問我：「這是妳想要過的日子嗎？」我說：「是！這就是我想過的好日子！」看著老公微笑點點頭，再看看我天使般的心肝肝，我曉得，這樣幸福簡單的小日子，我想過一輩子！

左／去馬爾地夫度蜜月，那裡實在太美了，臨時決定拍些婚紗照，但沒帶衣服，只好自己動手做了。
右／我們想拍飛起來的感覺，但小菲沒經驗，怎麼看都是跳起來（冒汗）。

# 2 半退休女明星

如果你問我，為了小孩願不願意現在就退休，我會說當然願意，每天對著這麼可愛的笑容，有幾個人捨得出門工作去呢？

## 身體走得比人快

生小孩，是我和老公結婚之前就有的共識。

我知道自己的身體可能不太容易受孕，一方面因為已經是高齡產婦了，一方面是因為我的職業。當女藝人很辛苦，不是人幹的，常常得在很冷的冬天穿著洋裝拍戲、拍照，或是拍動作戲、熬夜趕工什麼的；還有，妳必須維持妳的外型和身材，為了上鏡，得不吃油膩、不吃甜食，盡量瘦得像紙片人。

結婚的第一年，我照常工作，拍戲、拍廣告和做各種宣傳，然後也開始看中醫調養身體，對於生小孩這件事，我們先採取順其自然的態度。

後來中醫告訴我，我的身體節奏太快了，如果不放慢生活步調，以我這樣的身體節奏，會很難生小孩；同時，我還得注意養生。

這時候我才發現，我的身體根本慢不下來。

因為一直以來，我都是個工作極限者，我的大腦就像個酷吏，不斷鞭策我的身體，要它以最快的速度、最佳的效率完成工作。以前的工作真的太忙太忙了，妳就是必須加快節奏才能應付，不僅步調很快、睡眠時間也很短暫。

而且，我從來沒有善待過我的身體，也不在意健康狀況，一味埋首工作，如果受傷就養傷，如果生病就趕快吃藥，只求我的身體還可以運作就行。什麼「養生」之類的，對我來說完全是零概念的東西。

聽到醫生叫我要養生，我還真不知道該怎麼「養」、要從何「養」起？

## ✦破戒吃肉有必要？

除了身體節奏過快，我還面臨另一個問題，那就是要不要「吃肉」？

為了調理身體，我必須開始考慮吃葷食，有不少補湯、補品都是和肉類一起燉煮，吃肉似乎很難避免。

但是，我吃素吃了十幾年，這是眾所皆知的事，當初因為不想殺生才選擇不吃肉。現在，「我有需要為了一個不確定會出生的小孩破戒開葷嗎？」這件事情真的讓我考慮了很久。

有長輩建議我說，不然先從喝雞湯開始，補充一些肉類試試看？連我婆婆也說：「妳這樣子不吃肉，就是會生不出小孩。」我是個不服輸的人，被這麼一激，心想：我就吃給妳看！如果吃肉還是生不出小孩，我一樣要回頭吃素。

一氣之下，我索性開了葷。

吃中西藥腫得不像樣！善良的孝全竟然說：沒變啊！

開葷之後一兩年過去了，婚後第二年我也停止大部分的工作，但都沒有什麼效果。調養身體、順其自然的方法行不通，我和老公就開始找醫生求診。身邊的朋友熱心地介紹很多醫生給我們，我幾乎每三個月就看一個新的醫生，北京的也看、台灣的也看；甚至到美國去，也有人介紹當地的醫生給我。

舉凡中醫、西醫，我全部都看遍了。不誇張！

## ✦別再猜我懷孕了！

有句話說：「藝人＝異人，藝人就是異於常人。」尤其，女藝人的理想體重更是異於正常標準，為了上鏡頭好看，必須維持纖瘦的體態，往往導致脂肪量過低，體質偏寒。

常有人嚇唬我，這樣會比較不容易受孕。決定要生小孩時，我就有自覺要調整體質，打聽了很多養生、補身的方法，飲食作息都變得很健康，不像以前一天吃不到幾口飯，變得三餐正常。

懷孕前有一陣子，偶爾被媒體捕捉到我變得比較圓潤的身影，被形容是幸福肥，也一天到晚有人猜我是不是懷孕，其實，是因為我開始吃中藥調養身體的關係。吃了中藥之後，我逐漸豐腴起來，特別是腰間那一圈，也就是女生的子宮部位，還真的養出了一坨肥肥的肉來。可能是要讓身體製造一個健康的子宮環境，幫助胚胎著床生長吧?!

因為吃中藥長胖了，不知道為什麼臉也跟著變腫，造成更容易被誤會的窘境。我們試了三年都沒有好消息，其實我已經不敢抱太大希望；

婚後幸福肥，常被誤認有了！

這段時間，媒體三不五時揣測，讓我的壓力變得更大，每個月還要驗驗看自己懷孕了沒有，然後面對「沒有」的那種失落感。現在回想起來，那段過程還是滿痛苦的。

老公那邊也是，大家都會一直問他，問到最後他也覺得很煩、壓力也變得很大。生小孩這種事，我覺得周遭的人不要太過度關注比較好，當事者自己一定更在意，有時候放輕鬆、不特別去煩惱的時候，很可能就如願以償了；所謂順其自然，你們懂吧？

## ✦低調的小高興

最後，我們好不容易盼到了孩子！

其實我自己非常驚訝，它應該是在很沒有希望的情況下著床的。發現有了的時候，我不太敢說這件事，也不敢跟老公提起，因為它不見得會保留下來。我安安靜靜地等，等了大約一個多月，它都還在，才去看醫生；檢查完，聽見醫生說這樣子應該是沒問題了，才稍稍覺得有點安心。

跟老公說我「有了」的時候，他只是默默地「嗯」了一聲，但可以看到他嘴角忍不住要上揚，感覺就是很想高興、卻又不太敢高興得太用力的樣子。

我知道他的想法跟我一樣，覺得好不容易有了小孩，就更應該要抱著很沒什麼的心態，因為越在意就越會害怕失去。所以，我們都不敢太大動作地面對這件事情。

兩個很想開心大叫、又努力壓抑情緒的人，就這樣「冷靜的」高興了好一陣子。等到肚子大了，我們才正式公布我懷孕的消息，對大家說我們一家有三口了。

因為這個孩子，讓我的生活產生了很多改變，當女藝人這麼久，難得可以這麼長一段時間放慢步調、不用去擔心許多工作上的事情，這也算是玥兒送給我的禮物吧！

如果你問我，為了小孩願不願意現在就退休，我會說當然願意，每天對著這麼可愛的笑容，有幾個人捨得出門工作去呢？

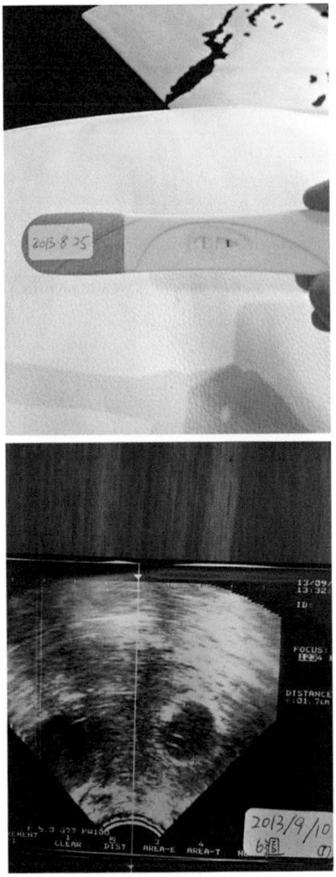


上／終於、終於、終於懷上了！小心低調，假裝沒這回事！
下／照了超音波確定有了！默默地欣喜若狂！

# 3 甜食怪獸

女生懷孕多辛苦啊，想吃什麼還要被禁止，那是真的會很不爽的，不給我吃甜的就是誘發我壞脾氣的罩門。女人可以理直氣壯地耍任性，也只有這時候了吧！

## 養母豬計畫

懷孕之後，我開始了頹廢的孕婦生活，完全就是一個養母豬計畫！

從婚後到懷孕前，我停下工作整整兩年的時間，其中的前一年都還有陸續接一點活動，但後一年幾乎沒在接什麼工作，只有偶爾拍一下雜誌。確定懷孕之後，我已經連門都不出了，因為不想讓大家看到我變得超胖、超腫，加上是真的懷孕了，在公布之前也不想被媒體拍到我大肚子的樣子。

因為已經開了葷，孕婦胃口又奇好無比，所以什麼都吃、也沒怎麼忌口。

家人看到我食慾這麼好，也跟我說：「妳當孕婦就是不能餓肚子，想吃什麼就吃什麼。」還說：「妳以前是紙片人的時候，每天都在餓肚子，現在當了孕婦，有吃的權利了，當然不要虧待自己。」要我放心吃。

現在回想起來，這簡直就是惡魔的讒言，而且果然狠狠地害慘我！

說這些話的人就是我妹妹，那時候她每天都打電話來向我進讒。你以為她自己當孕婦的時候也這樣吃嗎？才不！我妹是小鳥胃，雖然什麼都吃，不過都只吃個一兩口而已。自己拚命維持身材，結果耍心機陷害姐姐，這樣對嗎？

早知道我就不聽她的了。肉都長了，真的成了母豬！

## 別擋我吃甜食

懷孕初期，我並沒有什麼噁心、孕吐的不適症狀，加上都待在家裡，所以也沒特別需要人照顧的地方。

我懷孕時住在台北，不巧碰上家裡有些讓人緊張的事情，大家都沒心思特別照料我，我也不想讓媽媽再為我多擔一分心，她每次打電話問我有沒有好好吃飯？都告訴她已經吃飽了。其實，那時候因為不想挺著大肚子外出，家裡也沒請佣人，食物來源就得靠老公採買，他買什麼回來我就吃什麼，不挑食；平常他台北、北京兩邊飛，遇到他不在家的時候，我就叫外賣，手機的網路訂餐軟體對我來說真是偉大發明，到了吃飯時間就看有哪家可以點餐，就吃哪一家，還有速食店的歡樂送，我以前完全不敢碰的食物，都在懷孕期吃遍了。一切只求方便，根本沒在特別注意營養均衡，熱量計算這些，也沒特別挑什麼養生餐那類的東西。

雖然很多人說孕婦要忌口，生冷、海鮮最好都避免，不過我覺得，孕婦最重要的是心情愉悅，醫生也說，任何食物只要不吃到過量，都不會造成太大的影響。

懷孕之前，我已經很久很久沒吃甜食了，沒想到竟然在這時候愛上吃甜的，每天都瘋狂地大吃特吃。

像我最愛的 Krispy Kreme 甜甜圈，那陣子剛引進台灣，老公貼心地買了一大盒回來，我一個人就可以吃掉半盒。還有我也很愛吃冰，像是冰淇淋、冰棒那種熱量很高的東西。有一段時間，我一直要老公買冰棒回來，叫外送速食還會加點冰炫風或奶昔，反正就是很隨

超想吃甜點！乾脆自己做！聽說自己做的就不會想吃，騙人！！一掃而光啊！！！

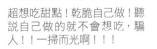

興地養胎。

持續的高熱量飲食，讓我胖得飛快，每個月的血糖指數都在及格邊緣，老公很擔心，怕我得糖尿病，勸我不要再吃那麼多甜食了，然後就連冰棒也不買給我吃，間接下了甜食禁制令。

有次他回北京，我趁他不在家的時候，偷偷把人家送我的巧克力拿出來吃，越吃心裡越覺得自己很窩囊，怎麼在家裡吃個甜食還要躲躲藏藏？一氣之下，就發了一條微博罵老公說「我是母親，我要光明正大吃甜的」。

懷孕時，就是女人這輩子最可以放膽吃的時期。大家都告訴我：「懷孕多辛苦啊，想吃啥就吃啥，千萬不要委屈自己。」沒錯！想吃什麼還要被禁止，那是真的會很不爽的，不給我吃甜的就是誘發我壞脾氣的罩門。女人可以理直氣壯地耍任性，也只有這時候了吧！

# 4 緊張小姐與惡夢大師

玥兒出生之前，我是個培育她成形的宿主，玥兒出生之後，我是個最愛、最愛她的媽媽，握著她小小的手，惡夢都變成了美夢，擔憂都變成了踏實的幸福。

## ✦沒症狀才是壞症狀？

對好不容易才懷上的小孩，我一直很常擔心它會生不下來，擔心到連醫生都覺得很誇張的程度。雖然我沒有什麼孕期的不適症狀，不過醫生說有一些不適症狀是很正常的，代表身體受到內分泌跟荷爾蒙的改變影響；但我是完全沒有，連懷孕該有的那些跡象通通都沒有，反而讓我很擔心，想說肚子裡的小孩真的有活得好好的嗎？

剛開始我每天都躺在床上不敢動，就算醫生說不需要每天躺在床上，可以適時運動，我還是不敢大意，甚至擔心到整個懷孕期都在失眠。

每天一睡著就做惡夢，夢到各式各樣胎死腹中的畫面。

所以每次去醫院產檢，我第一句話都是問醫生說：「醫生快點，看它有沒有胎死腹中！」醫生就說：「妳可不可以不要講那麼恐怖的話，萬一外面的孕婦聽到她們會嚇死。」很怕我把他的患者都嚇跑。

「可是，這就是我昨天做的夢啊！」

就算醫生馬上讓我聽到胎兒的心跳，我也會說：「你一定是給我放錄音帶，一定是每個人來你都放這個。」一口咬定是醫生造假。

醫生被我弄得啼笑皆非，只好不斷把聽筒拿起又放下。「妳看我現在拿起來，就沒有了。妳看我現在放上去，又有心跳聲了。」

「你一定就是放錄音帶！」

「但這真的就是妳肚子裡小孩的心跳啊，妳要相信我。」

醫生已經快要被我搞到崩潰，他一定心想，大概沒有比我更難說服的孕婦了。

## 最愛自己嚇自己

會擔心肚子裡的小孩到這種病態的程度，有一部分是自找的，因為我太愛胡思亂想，自己嚇自己了。

應該很多人也會這樣做，就是去買一些書或上網查一些資訊，看看小孩每個月應該生長到什麼程度，或者是吃什麼東西好、吃什麼東西不好。一開始，我也是看了不少資料。可是很奇怪，裡頭動不動就會出現「畸胎」跟「滑胎」這兩個名詞，出現機率之高，看到最後，有些事原本不擔心都會莫名其妙擔心起來。

這兩個名詞，每天午夜夢迴，就在我腦中一直出現，畸胎、滑胎，好像鬼打牆一樣，越想越害怕。

醫生說：妳可不可以不要一直上網去查？他們都在嚇唬人，說什麼東西吃了就會流產，其實根本沒有那麼嚴重，又不是瘋狂地一直吃那個東西，怎麼可能會那麼嚴重。他說任何一種東西只要是吃正常的分量，都不會怎麼樣的。

對於我異於常人的緊張，醫生沒被我煩死真是奇蹟！他很有耐心地安慰我、解釋給我聽，雖然我聽了有安心一點，飲食上也比較沒那麼小心翼翼。不過，真的是一直到生產的時候，我都還在擔心小孩能不能健康地生出來。而且，越到快生產前，恐慌的狀況就越嚴重。

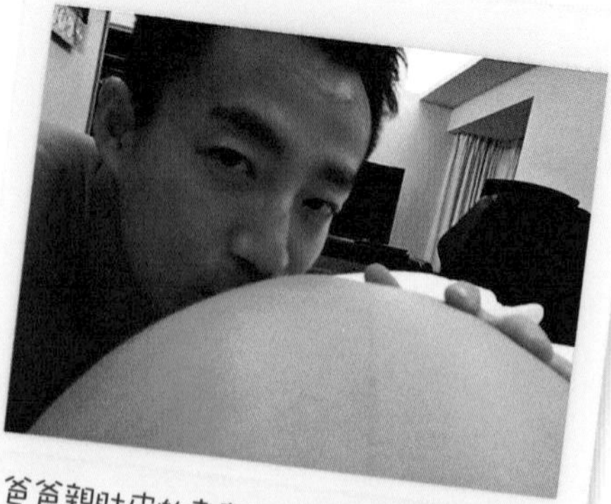
爸爸親肚皮的老套照片，幸福滿滿～～～

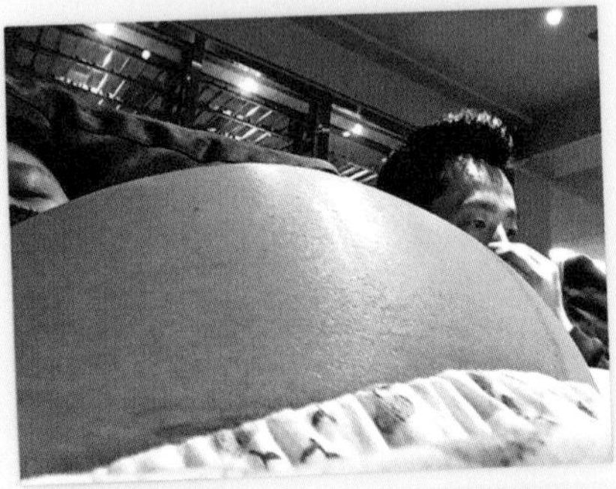
看得到我們嗎？

看得到我嗎？

## 是打嗝不是掙扎

到後來小孩有胎動的時候，只要她好一陣子不動，我就會一直打一直拍，怕她不動是不是怎麼了。

記得有一次，我感覺到胎兒在肚子裡面跳動，一跳一跳的，持續了好一陣子，從來沒遇過這種情況，我就趕快打電話給我的醫生說：「醫生，她在我的肚子裡面掙扎，她已經快要斷氣了！」結果醫生聽完，很冷靜地回答我：「什麼斷氣！她在妳肚子裡面根本就不需要吸氧氣，怎麼會斷氣？」可是，小孩感覺起來很像在我肚子裡掙扎，醫生就叫我趕快去看他。

檢查完之後，醫生解釋說，那是胎兒在肚子裡打嗝的聲音，每天吃完羊水她都會固定打嗝，直到出生後都是這樣子。現在玥兒每次吃完奶，也會「啊啊啊」的打嗝，很可愛。

我覺得每一個即將成為母親的孕婦，在生產之前，最擔心的都是

準備去醫院，我比小菲大隻了啦！！

小孩子健不健康、有沒有平安；也因為她寄生在我的肚子裡，我就有責任要好好把這個生命生下來。

玥兒出生之前，我是個培育她成形的宿主，玥兒出生之後，我是個最愛、最愛她的媽媽，握著她小小的手，惡夢都變成了美夢，擔憂都變成了踏實的幸福。

# 5 生產驚魂記

我對護士說：「健康就好，你們慢慢來不要著急。」確認小孩生出來是健康的，我壓抑很久的情緒終於放鬆了，不由自主地一直哭一直哭，整個人很激動。

## ✦小阿姨的故事

在S家三姐妹的記憶中，S媽常常對我們講一個關於小阿姨生產的故事……

小阿姨在生女兒的時候，剛好感冒了，嚴重到整天咳個不停。剖腹生產的小阿姨，一直到剖腹產完咳嗽都沒有好，只要有人去看她、聊天講話就會咳嗽，一咳嗽肚子就很痛，到最後，小阿姨的肚子真的破了，也發炎了，最後只好重縫一遍。

小阿姨咳破肚子的故事，在我們三姐妹腦中一直都是可怕的惡夢，我們都想說，如果以後懷孕生小孩，千萬不能剖腹產又剛好感冒咳嗽。

我和我妹都是選擇剖腹生產，所以我們都想說：千萬不要發生這樣的事情。我妹生第三胎的時候有一點點感冒，可是她沒有像小阿姨那麼嚴重。但是，輪到我要生的時候，最慘的事情發生了，懷孕末期我不但嚴重感冒，而且每天都瘋狂地咳嗽，不僅咳到我的肚子很痠很痠，有時候還咳到喘不過氣來，因為肚子太重了。

孕婦不能吃藥，我想說死定了，最可怕的事情就要發生在我身上了！

預定剖腹那天，我很早就到醫院，準備跟麻醉科的醫師先討論好對策。提心吊膽了這麼久，總不能在最後關頭才出意外吧。

我對麻醉科醫師說：「萬一生產的時候我剛好咳嗽，醫生又正好一刀下去，不小心把我女兒切斃怎麼辦？」他馬上表示不可能。我說：「我是一個意志力很堅強的人，你很難把我麻醉。而且，我快要咳嗽的時候你怎麼知道？」麻醉科醫師又說：「那我麻醉藥給妳下重一點，讓妳睡著好了。」我就說：「我不要睡著，我要親眼看到我的孩子是健康的，不然我不可能安心！」

經過我一番堅持跟要求，最後麻醉科醫師決定，一開始先用比較輕的麻醉看我咳嗽的狀況怎麼樣，如果還會咳的話就幫我打止咳劑。

「不會影響到小孩嗎？」這是我最擔心的事。

醫師說，因為已經要生了，時間很短，所以不會有太大的影響。等到我看到小孩出生，準備縫合的時候，他再加強麻醉藥的劑量讓我睡著，方便讓醫生進行後續的縫合階段。

跟麻醉科醫師取得共識之後，我才比較放心。

到底誰要進產房？

生小孩的時候，我本來不准任何人進去陪我，因為怕他們不夠冷靜，很可能會出什麼亂子連累到我的小孩。

我妹聽到以後就說，她每次生小孩我都有陪她，所以我生小孩她也要陪我進去。我老公也說：「對呀，妳姐妹生小孩，她們的老公都有陪著進去。」

「你們在旁邊要是太興奮或太緊張，或是沒有像我一樣不怕血、又硬著頭皮要看，萬一看了之後昏倒，摔在我的肚子上，就會害我的小孩被刀捅死！」我推論給他們聽，然後他們想了想，就說：「嗯對，好像也是這樣。」

記得之前有一次生病打點滴，我老公在旁邊陪我，他就看著我很心疼地說：「哎唷，怎麼那麼可憐啊！」然後靠近我要摸摸我的頭。「老公，你壓到我的點滴管了……」結果整個點滴管都被他壓住，連點滴頭都跑出來了，最後只好重打一遍。

我對老公說：「你記不記得那件事情？那件事情就是一個 sign，告訴我生孩子的時候不能讓你進去。」我覺得他很可能會把事情搞砸。

後來我妹發誓說她絕對會冷靜，我就說：「好，那我妹可以進去。」

到了我要進產房之前，沒想到我妹跟我老公兩個就吵起來。我老公就說：「為什麼妳妹可以進去，我不可以進去？」

「那兩個都不要進去，不要囉唆！」

「都沒有人進去陪我姐，那她一個人在裡面這樣很可憐。」我妹說。

兩個人就這樣你來我往，爭論不休。然後我老公發誓說他也不會亂來。我說：「好，那你進來。」就叫我妹不要進來。

「可是我不進去他進去，我會很不放心。」不讓我妹進去，她當然有意見。

「少跟我囉唆，我生小孩，你們兩個在那邊跟我吵什麼！」這兩個人一直盧，弄得我也火大了，最後實在沒心情跟他們吵，就決定讓我老公進去，我妹在外面等。

## ✦只想要妳健康

在老公進來之前，我先請護士把椅子擺旁邊，等他進來後我就說：「你坐在這邊不准動，保證不准動！」他就乖乖坐好。

其實這時候我已經不太能講話，因為麻醉開始發揮效用。麻藥一打的時候，妳會感覺它整個由下往上麻起來，身體慢慢不能動，等麻到差不多胸口的位置，就真的不會想咳嗽了。雖然兩隻手都被綁起來，但我還是非常冷靜，只專心地想說「不要咳嗽、不要咳嗽」這件事。

之前我一直恐嚇麻醉科醫師，說我對麻藥很有抵抗力，他就幫我下比較重的劑量，結果咳嗽停了，我反而變成噁心想吐，只好一直把頭轉過去，「噁——」「噁——」的狂吐。

我老公坐在旁邊，看到我一直吐一直吐，想說怎麼會這樣子，就有點想站起來看我的狀況。我一看到他想站起來，只好一邊吐一邊叫他坐下。一個快臨盆的孕婦，已經吐得半死了，還要「噁——坐下！」制止很害怕、有點慌張的老公。

因為陪我妹進過產房，大概知道醫生做什麼動作是把嬰兒從媽媽肚子裡抱出來，所以當我感覺到小孩出來的那一刻，我用我最大的力氣問說：「醫生，健不健康？健不健康？」

但是醫生太認真了，沒有回答我的問題。我就看我老公拿著手機，很高興地說：「唷出來了出來了，一個小東西啊！」就跑去拍嬰兒了。

「健不健康？健不健康？」我又很吃力地開口問了一次，已經講到都快要咳嗽了。沒想到老公看到嬰兒，整個人早就 high 爆了，根本沒聽到我在說話。然後，我看到他的腳已經勾到某一條線，我想說完蛋了，事情開始要毀於一旦了。

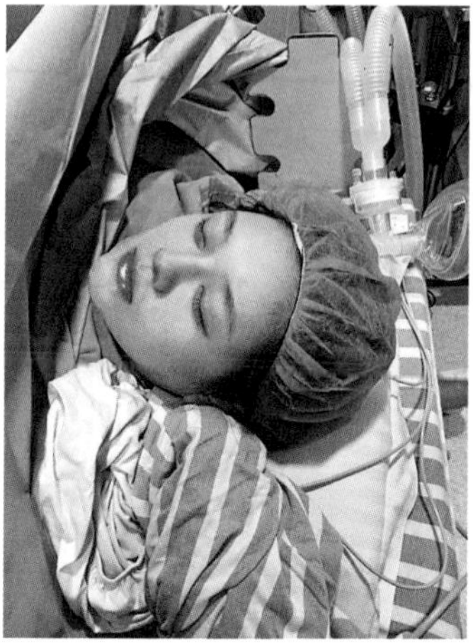

準備剖腹！心理異常平靜。

幸好這時候，有一個護士馬上回答我說：「很健康，媽媽女兒很健康，我等一下去抱

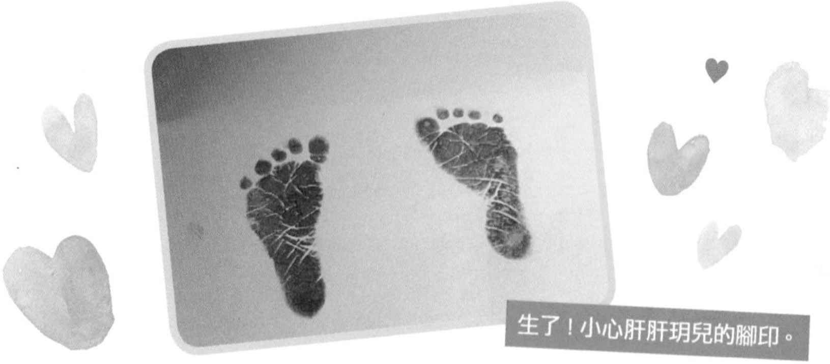

生了！小心肝肝玥兒的腳印。

來給妳看。」她很冷靜、很可靠，每次都是她幫我妹接生的。

我對護士說：「健康就好，你們慢慢來不要著急。」確認小孩生出來是健康的，我壓抑很久的情緒終於放鬆了，不由自主地一直哭一直哭，整個人很激動。

「老公……老公……老公！」

我老公完全沒有管我，在那邊一直「哎唷～哎唷～」地逗女兒。護士聽到我在叫他，就跟他說：「爸爸，那個媽媽在叫你。」我老公聽到就跑過來說：「幹嘛幹嘛？」我叫他看著我的眼睛，對他說：「出——去！」就把他趕出去了。

護士把小孩抱過來給我看，我親眼看到哇哇大哭的玥兒，確定她真的是健康的，就跟麻醉科醫師說：「可以讓我睡著了。」一直到這時候，才放心地睡過去。

# 6 抱抱親吻狂

看著她笑、看著她哭、看著她熟睡，看著她眼睛眨巴眨巴地望著妳，看著她今天又比昨天吃胖了點……有太多太多時刻跟畫面來不及記住，只好一直親啊、一直抱啊，才不會留下遺憾。

## 抱抱抱不完

嬰兒是天底下最可愛的生物，從以前我就很喜歡小嬰兒，每次抱就會忍不住一直親。現在有了自己的孩子，更是迫不及待想要親自抱著她。

我的體質真的對麻藥很有抗體，記得剛縫合完、護士把我從產房推到病房的短短路程中，我就醒過來了。等回到病房之後，我立刻按了護士鈴問她們說：「什麼時候可以看小孩？」護士回我：「得先在

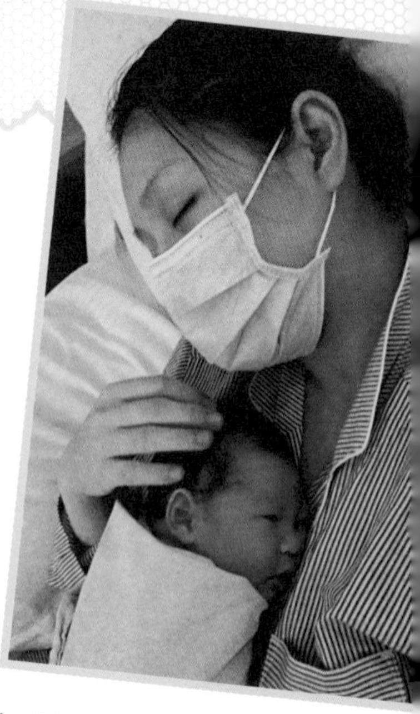

育嬰室裡面待幾個小時，至少要等到晚上才能抱過來給妳看。」

這中間我只好一邊跟我老公聊天，一邊等時間過去。因為麻醉藥也還沒退，所以不覺得有什麼痛，反而覺得很 high，整個人飄飄然的，心情很好。感覺時間真的過得很慢啊！每個小時我都在問：「現在幾點啦？幾點啦？」一直急著要看我的小孩。

一到晚上，我就對護士說：「快點，把我的女兒抱過來！」也不管剖腹產的傷口會不會痛還是會拉扯到，二話不說就抱了我的女兒。有的人怕傷口痛，第一天都不太敢亂動，或是起身抱小孩。第二天白天我就已經下床了，拔掉尿管，抱著女兒走來走去，一點都沒有覺得不舒服。

看到那麼可愛的小嬰兒，真的有什麼痛都忘了！

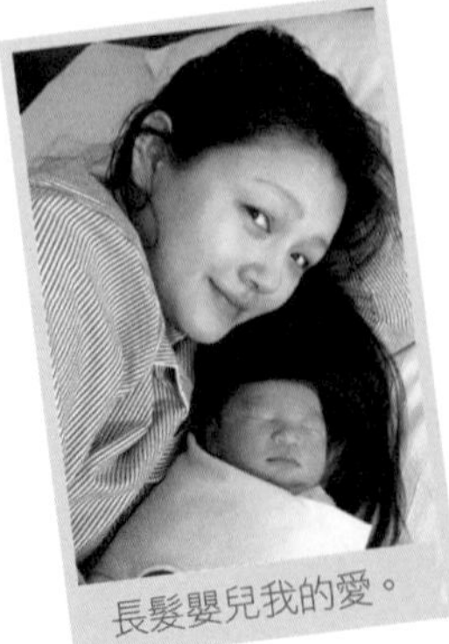

長髮嬰兒我的愛。

## 親親親不停

當肚子裡親愛的寄宿者跟宿主相見歡之後，我終於有「這嬰兒就是我的女兒！」的真實感，一掃生產前的擔心跟緊張，只覺得我好愛好愛懷中的這個小孩。

在病房裡面，我幾乎整天都一直抱著女兒不放，因為老公在這裡嫌無聊、也待不住，所以白天他就去開會、做其他的事情，晚上才回來陪我。醫院說，希望爸爸媽媽以外的人不要抱嬰兒，怕如果傳染疾病，整間育嬰室的嬰兒都會一起被傳染，我也索性謝絕家人以外的訪客來看我，這樣還可以跟女兒有更多相處的時間。

公公婆婆也有從北京來看我，只有他們來的時候，我才會把嬰兒放回育嬰室，其他時間都是我一個人在房間抱著我的女兒，一刻都捨不得離開她。

一直抱一直抱，手不會痠、不會累嗎？哪會！我太愛抱嬰兒了，簡直就是嬰兒不落地，死不肯放，而且還情不自禁地一直狂親她狂親她狂親她。

以前照顧我妹小孩的時候，有人想親我都還會說：「不准親她，嘴巴有很多細菌。」現在見到自己女兒什麼都不管了，只想要不停瘋狂地親她，玥兒似乎也很習慣的樣子，知道媽媽有多麼愛她。

嬰兒出生那幾個月，頭上、身上還有薄薄的胎脂，就會有一種臭臭的味道，我老公覺得那個很像 blue cheese 的味道，可是我覺得很香啊！我聞她身上到處都覺得很香很香，每個小嬰兒身上都有一股淡淡的奶香味。

現在回想當初小玥兒剛出生的模樣，心中就有股揪心的心痛感，孩子好快就長大了，尤其是嬰兒的這段時期，每天每天都在改變樣子，每天每天都好像又大了一些。看著她笑、看著她哭、看著她熟睡，看著她眼睛眨巴眨巴地望著妳，看著她今天又比昨天胖了點……

有太多太多時刻跟畫面來不及記住，只好一直親啊、一直抱啊，才不會留下遺憾。等玥兒聽得懂了，我要對她說：「無論妳長大了、幾歲了，甚至結婚生孩子了，媽媽也都要每天親吻妳、擁抱妳，因為妳是我最愛的心肝寶貝。」

# 7 海象，還是北極熊？

明明臉是我的臉，但下面的身體卻不像是自己的，整個身體從胸部到肚子都很大。我不太敢直視鏡子，只敢「經過」鏡子，每次經過的時候，都會打個冷顫，又見到這位不知是哪個女性大型動物了。

## ✦小姐妳哪位？

羅馬不是一天造成的，體重也是在不知不覺中，一點一滴養起來的。從準備懷孕到生產前，我整整胖了三十幾公斤，這應該是我人生最顛峰的體重了吧。

懷孕那一刻起，幾乎是以一天兩公斤的速度直線上升，和其他孕婦比起來，我體重增加的速度算是超過標準值，不過我的婦產科醫生說：「如果是別人的話，我會跟她講說妳不可以再胖下去了，但是

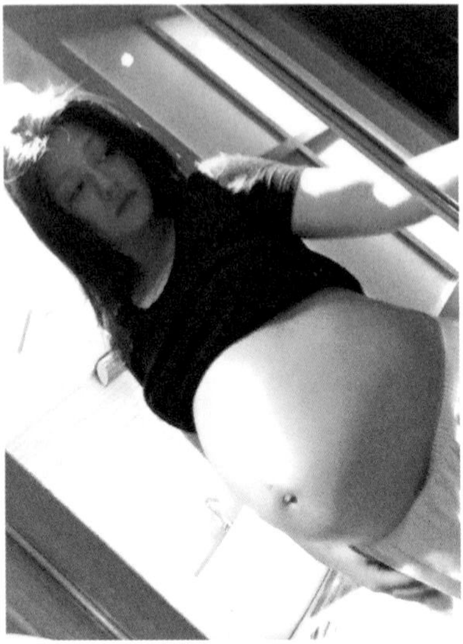

我也不懂怎麼會大成這樣！

我知道妳本來有多瘦，我也知道妳的意志力有多強，所以我知道妳一定會瘦回來。」聽這些話，就知道他應該也有加入我妹的惡魔黨。

大家都對我太有信心了，他們都覺得我以前的日子過得那麼辛苦、吃得那麼少，懷孕了就是要好好地享樂，把以前沒吃的補吃回來。補吃是吃過癮了，但肉也長得很踏實，要在生產完短時間內瘦回原本的紙片體重，說真的，我還沒有太大的把握。

那陣子看到鏡子裡的我，都會有一種很奇異的感覺，想說：「那是誰啊？」明明臉是我的臉，但下面的身體卻不像是自己的，整個身體從胸部到肚子都很大。我不太敢直視鏡子，只敢「經過」鏡子，每次經過的時候，都會打個冷顫，又見到這位不知是哪個女性大型動物了。

也一點都不會想去拍現在很流行的孕婦寫真，每次聽到有朋友去拍，我都想說哪根筋不對？換作我絕對不幹這種事。

變胖之後，我老公都不敢看我換衣服上廁所，我也不敢給他看。但偶然間有不小心看到，他餘光瞄到我的時候很震驚的樣子，眼神看起來就是想督促我快點減肥、很嫌棄的感覺，那個眼神真的令人覺得很受傷。

我就問他說：「你有沒有嫌棄我？」他說：「沒有啊，我怎麼會嫌棄妳。」

「你看我現在不像一隻海象嗎？」聽到我這樣問，老公心裡可能捏了一把冷汗。果然，他馬上否認說：「不會啊！」

「我穿黑的就像海象，穿白的就像北極熊。」我說完，他就露出一臉很想笑又不敢笑的表情。

## ✦妊娠紋不要來

關於孕期之中的保養，除了妊娠紋這件事情我有特別去注意之外，其他的部分我都沒太大的問題和困擾，像是皮膚變差、長斑或是掉髮之類的，很幸運地都沒有發生在我身上。

只有刷牙的時候會流血，這是因為母親身體內荷爾蒙改變了，也許缺少某種營養，所以刷牙才容易出血；加上懷孕的時候會大量流失鈣質，跟缺鈣也有關係，孕婦們記得要跟專業醫師請教，才比較不會發生這個問題。

至於妊娠紋，應該是很多孕婦最怕的，因為妊娠紋長出來之後就消不回去了，是不可逆的，而且擦除紋霜或是雷射什麼的，也不太會有效果。我有去查過醫學資訊，妊娠紋主要還是來自於遺傳；也就是說，如果妳媽

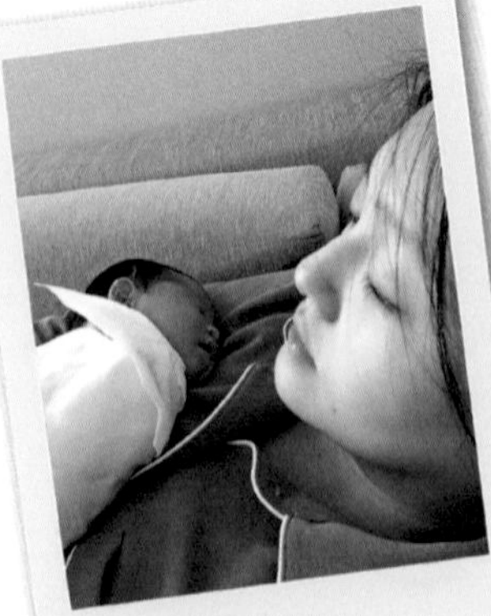

媽媽的小肉球～～

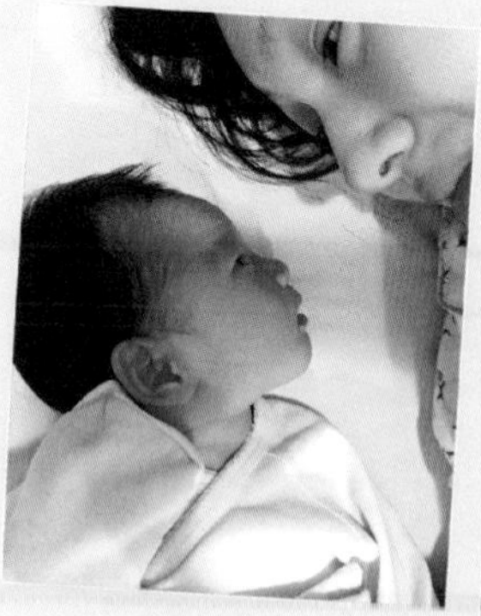

媽媽我愛妳
（自己幻想中）

媽跟家裡的女性沒有妊娠紋的話，妳就不太可能會有。

我媽媽、我姐姐和妹妹懷孕的時候，都沒有長出妊娠紋，甚至我姐姐那時候肚子很大，也沒有妊娠紋，所以我其實不是很擔心，只有偶爾擦一點防妊娠紋的乳液，結果就真的沒有。所以這個說法是真的，也在我身上印證了。

我覺得當媽媽真的很偉大，在懷孕的時候，為了小孩好，妳會忘記要顧慮到自己的狀況，很多當女人時候的堅持、原則，都會因為肚子裡的寶寶而妥協。

像我生產前重感冒、咳得半死都不願意吃藥，就怕會影響到胎兒，還是生完才猛吃咳嗽藥，足足咳了一整個月才好。

當過媽媽才知道媽媽的辛苦與偉大，就算是變成了海象與北極熊，也還是滿足的。

# 8 搶救身材大作戰

天下的老公都是一樣的！比起老婆身體恢復的狀況，更加擔心她的身材何時才能回復！幻想著小孩呱呱落地後，老婆的大肚子也應該瞬間消下來，馬上變成一個俏辣媽。

## ✦驚嚇指數破表的數字

每次去產檢，例行的抽血、量肚圍、超音波……我都乖乖配合，唯獨量體重這一關，我始終過不去，每一次都要出動護士長來好言相勸，本人還是意志堅決地抵死不從。

「不！我絕不上體重計。」我怎麼能忍受看見鐵錚錚的數字呢？一定會留下陰影。

連肉眼看鏡中的自己，都會忍不住再打個大寒顫，「天啊！這胖嘟嘟的人是誰？魔鏡～魔鏡～請讓我變回我自己吧！」

整個懷孕過程，我知道自己越變越大隻，但始終逃避量體重這個酷刑，直到最後一刻，已經要上產檯了，還央求醫生：「我都決定要剖腹了，體重量不量沒關係了嘛，就放過我吧！」

醫生很嚴肅地告訴我：「麻醉師要依體重下麻藥劑量，可不能開玩笑了。」

好吧！看來是逃不過了，該面對的還是要面對，抱著忐忑不安的心情，踏上體重計，這是我懷孕以來第一次量體重，幾乎不敢正視那個數字……

「79！！」我無法置信地瞪大眼睛，天啊！當場差點嚇暈過去！如果真的暈倒了，大概也不用麻醉了?!

這是我人生從沒出現過的數字，以前我笑自己國中是個小胖妹，全盛時期竟然高達52公斤，那時真的是太囂張了，52算什麼？79才真是天文數字啊！

## ✦兩人吃一人補的月子餐

小玥兒出生時三二〇〇克，扣除生產排除的羊水……等等，其餘的重量，不就都胖在我身上了嗎?!我完全不敢計算、也不想知道自己當時幾公斤，因為肉眼看上去根本一點兒沒瘦啊！臉還是好浮腫，我真的接受不了這樣的自己。

生產完的當天，我立刻就開始減肥，恢復到一天只吃一餐的狀態，在天黑之前吃掉晚餐。我沒有選擇餵母奶，一方面我是剖腹產，而且前面幾年為了懷孕，我吃了太多中西醫的補品或藥物，加上產後吃大量感冒藥，所以我覺得身體應該不是很健康。

如果我是很容易受孕的人，很早就生小孩那種女人，我應該就會餵母奶。但我很難受孕，中間用盡了各種辦法，後來又要剖腹、打麻醉，還用那麼強的麻醉劑量，我想身體也沒有什麼健康、有養分的東西可以給小孩吃。

人家都說坐月子是女人調養體質的好時機，產婦都吃得很補，但是我的月子餐，一開始就採取無糖、無鹽、少油、低熱量原則；即使如此，還是每一餐都只喝湯或水，頂多吃一兩口紅豆糙米飯，只攝取維持生命基本所需的熱量，其餘的都讓老公幫忙吃，讓他也趁機養生一下，但是他也說想趁機減肥，一份月子餐我們兩人分食，都還吃不完。

想想真的很生氣，我肥，他應該陪我一起肥才對吧？竟然還敢在我面前嚷著要減肥，實在是太不夠義氣了！

我在月子中心只待了

| | 标准体重 | 美体体重 | 模特体重 |
|---|---|---|---|
| 150cm | 49.5k | 45.0k | 42.8k |
| 152cm | 50.8k | 46.2k | 42.8k |
| 154cm | 52.2k | 47.4k | 45.1k |
| 156cm | 53.5k | 48.7k | 46.2k |
| 158cm | 54.9k | 49.9k | 47.4k |
| 160cm | 56.3k | 51.2k | 48.6k |
| 162cm | 57.7k | 52.5k | 49.9k |
| 164cm | 59.2k | 53.8k | 51.1k |
| 166cm | 60.6k | 55.1k | 52.4k |
| 168cm | 62.1k | 56.4k | 53.6k |
| 170cm | 63.6k | 57.8k | 54.9k |
| 172cm | 65.1k | 59.2k | 56.2k |
| 174cm | 66.6k | 60.6k | 57.5k |
| 176cm | 68.1k | 62.0k | 58.9k |
| 178cm | 69.7k | 63.4k | 60.2k |
| 180cm | 71.3k | 64.8k | 61.6k |

左／麻醉藥效還沒退就開始吃月子餐！無鹽少油！但我只喝湯湯水水，其他都給小菲吃了！
右／這份很寬鬆的體重標準是我減重之路的推手！當然，只能當參考！

十五天，什麼都不敢多吃一口，體重很快就掉到65公斤，但就止住了，因為吃的都是有助於消水腫的食物，只是減去了身上的水分而已，身上的肉肉還是沒甩掉。

## ✦紙片人，快給我回來啊！

原本期盼著產後迅速回瘦的我，迫不及待地開始加倍運動，一天也只敢吃一餐，而且完全不碰澱粉食物，但還是一點進展也沒有，這是我以前從未發生過的狀況，已經這麼努力了，體重計上的數字還是卡著一點也沒變，心裡真的很焦慮，只好求助專業營養師。

向營養師諮詢後，徹底改變了我原本的觀念，原來吃得過少時，大腦會啟動儲存脂肪的指令，告訴身體要把熱量留下來，因為不知道下一次何時才會有足夠的熱量進

坐月子一週，體重七十幾公斤（哭臉）。

當時體重 63 公斤！鼓足了勇氣才敢出門！

來，以至於不敢輕易消耗掉。所以，有效率的減肥不是一味挨餓，而是三餐都要吃，讓大腦知道一直會有熱量進來，它才會告訴身體要消耗熱量，尤其是做運動前吃適量的澱粉，效果更好。

當我開始這樣實行時，老公表現得非常擔心，每次一看見我吃米飯，就關切地問：「寶貝~妳今天上秤了嗎？」真的很白目，竟敢在我面前提到秤重，簡直踩到大地雷，氣得我當場丟筷子發飆：「不吃了！不吃了！我吃飯，你問我上秤了嗎？什麼意思啊?!」

減肥要吃澱粉這件事，實在太顛覆他既有的認知了，我把營養師的理論跟他說明，又拿出書面理論

當時體重 60 公斤，當時玥兒三個月大，當時在北京。

給他看，終於說服了他，跟著我這樣吃了幾天，他竟然比我先瘦了兩、三公斤，還得意洋洋地到處跟人家宣揚他的實驗心得。

## ✦誰不想要辣媽老婆

天下的老公都是一樣的！比起老婆身體恢復的狀況，更加擔心她的身材何時才能回復！幻想著小孩呱呱落地後，老婆的大肚子也應該瞬間消下來，馬上變成一個俏辣媽。

男人跟女人真的很不一樣，男人在孕育孩子的過程中，比較像個旁觀者，不像女人經歷懷孕、生產的過程，身體或心理上都發生極大的微妙變化，連內分泌都改變了。但是男人直到看見嬰兒出現在眼前，好像才開始體會做父親的感覺，而且他們的身體並沒有經歷那些過程，完全無法理解自

當時 58 公斤，比較有信心帶玥兒去遠一點的公園玩了！台北真好！到處都有公園！

己的老婆已經徹底變成一個母親了。

「一個女人有沒有生過小孩，我們一看就知道，荷爾蒙是騙不了人的。」

新陳代謝科醫師告訴我，一旦生產過，身體會把狀態調整成「媽媽模式」，處在準備受孕的狀態，保留一定的體脂肪，當然比較不容易瘦。

這一點，真的是很不公平，一樣是得到寶貝兒女，男人卻可以不用經歷懷孕發福、產後減肥的過程，俐落帥氣地就直接當起了爸爸，想到這裡已經有點不平衡了，老公又老是一副擔心我瘦不回來的樣子，有時候真的越想越氣，真想趁他熟睡時偷偷呼他兩巴掌。

左／雖然肚子大得要命，臉卻沒什麼改變！好家在！
右／大肚婆很沒自信！來張正一點的自拍撫慰心靈！

## ✦我瘦！我瘦！我瘦瘦瘦！

聽營養師的話不讓自己餓肚子，雖然瘦的速度很慢，但是持續地一點一點，終於瘦了十公斤，又遇到了停滯期，有一段時間數字完全不動，沒復胖也沒下降，這讓我感到很沮喪，到底何時才能回復到以前的身材？

我又開始積極尋找新的減肥方法，找醫師求診，開始吃減重代餐、營養食品，搭配食譜，配套達到燃燒脂肪的效果，這個方法著重在把贅肉轉化成肌肉，讓線條緊實，但是體重不見得會下降。

我是出了名的無飢餓感人，一天只吃一餐也無所謂，最驚人的紀錄，可以好多天不吃東西，頂多吃一口白米飯或喝無糖豆漿度日，節食對我來說從來不是難事，維持體重也是我一直很傲人的強項，多年來都維持著四十二公斤左右的體重，四十五公斤就是我的警戒線，絕對不允許自己超出零點五公斤。第一次遇到這樣的減重瓶頸，我真的受不了自己會「瘦不了」，一遇到停滯期，就會趕快嘗試新方法，除了水果餐還沒試過，因為我真的很不愛吃水果。

接下來只能靠一直運動，瘋狂地運動才有辦法。

運動的部分，我有去上許芳宜老師特別幫我開的一對一課程，她是舞蹈老師，安排不同的老師來訓練我不同地方的肌肉；另一種就是Nike幫我安排的NTC（Nike Training Club）課程，由Nike專屬的體適能教練幫助妳鍛鍊身體、雕塑體型，有很多運動員的訓練動作，強度很強烈。

每天我會花一個小時的時間運動，一、三、五是跳舞，禮拜四是NTC，其他幾天是推脂，剩下的時間就跟我女兒一起在家裡不出門。

努力到現在，每個人都說已經很瘦了，但距離我的標準還差四公斤才勉強可以上鏡頭。

現在我的人生目標就是照顧小孩跟瘦身，這兩件大事而已。

# 9 姐妹好孕連連，一起當媽！

姐妹們從少女一路相伴，一起笑過、瘋過、也哭過，到如今成了幸福人妻，有兒女萬事足的媽媽，走到不同的人生階段，這種感覺真的很奇妙。

## ✦姐妹淘好孕接力

我懷孕的前後，姐妹淘也紛紛好孕降臨。

第一個有好消息的，並不是婚後一心期待寶寶到來的我，而是毫無心理準備的佩慈。

那陣子，所有知道我想懷孕的朋友，都把她們的「好孕棉」送給我。所謂的好孕棉，就是受孕婦女在前一次經期時，沒用完的衛生棉，把它放在夫妻同房的枕頭下面，相傳有助孕作用與祝福。

當時只有我和佩慈懷孕的姐妹聚會！

有一天，我忽然收到佩慈弟弟親自送來的急件，一打開竟然是她的好孕棉，當場興奮尖叫，馬上打電話恭喜她。

「唉唷！我都快嚇壞了啦！不知道該怎麼辦才好。」佩慈聽起來都快哭了。

「有什麼好猶豫的？這麼棒的事情，寶寶就是上天給你們的禮物，當然是趕快結婚生子啊！」

不知是不是真的有好孕棉的神力？兩個月後，我順利懷了小玥兒。

「好孕棉」在我們姐妹間的祝福，好像接力賽一樣，一棒交到下一棒。

升格人妻的侯佩岑也收到了我的「好孕棉」，有一天她來我家聚

佩岑摸著我的孕肚，頭頂正好有道光照著，不久她也有了！我覺得挺玄的！

餐，突然說想摸著我的大肚子拍照，看照片時，我發現當時的燈光和角度，剛好形成了一道強光，打在佩岑的頭頂，讓她整個人發亮！把旁邊的大明星黃曉明、小S……這些人的光芒都掩蓋了，成了唯一的發光體。好像有一個徵兆，那時，我就直覺她應該懷孕了！果然，馬上就傳出好消息。

## ✦好孕何時到？只有天知道

緣分就是這麼奇妙，上天真的自有安排，寶寶何時來報到完全不是我們可以控制的。

在大家為我和佩慈辦的慶祝會上，剛從尼泊爾回來的阿雅，一來就抱怨整個旅程都在胃疼，還約了隔天要去照胃鏡，大家紛紛拿出胃藥來給她，向來強壯如牛、有女漢子之稱的她，根本很少生病，怎麼可能胃痛這麼久沒好？這時第六感很靈驗的我，突然有種奇妙的感覺，仔細打量了她一下，發現她的胸部也有點脹大，似乎不太尋常。

「先不要吃胃藥，妳上次MC多久前來的？」

「ㄟ，滿久了，差不多也快來了吧？」

妹妹趕緊請司機去買驗孕棒，阿雅驗完一臉茫然地拿給我們看。

「Wow！阿雅～阿雅～恭喜啊！」

大家興奮地抱著她轉圈圈，一邊尖叫歡呼。我們阿雅也要當媽媽了耶～真是太不可思議了！

## 懷孕反應大不同

每個人聽見懷孕的反應都不一樣，非常有趣。

佩慈是大受驚嚇，阿雅是一臉茫然，我懷孕時，則是普天同慶。

一直努力做人，但當時還沒有好消息的范范，看見阿雅這樣莫名其妙就懷孕了，當下不知是否有點晴天霹靂？

她跟黑人交往最久，比我更期待著要當媽媽。當我們為阿雅歡呼時，馬上意識到會不會有點太over了？覺得有點對不起他們。有那麼一瞬間，我不小心瞥見范范的表情，似乎有些錯愕，放空地看著遠方，不知該怎麼表達複雜的情緒。

阿雅的可愛寶貝阿發，當場被大兩個月的玥兒推去撞沙發！兒童的戰爭！

期待懷孕的得失心，我體會很深刻，所以特別祝福想當媽媽的好朋友。大家也把好孕棉給了范范，有虔誠信仰的她，不只有姐妹們的祝福，還有許多教友幫忙禱告。

那陣子，我們不太敢打擾他們，深怕給他們太多壓力，開心的是，他們也終於生下了健康可愛的雙胞胎寶寶，加入了為人父母的行列。

## ✦美容大會VS媽媽教室

姐妹們一個接一個當了媽媽，關心的事情也跟以前大不相同。

不久前，聚會主題還是「美容大會」，大家在一起就是天南地北地聊天，開心地邊玩邊修整儀容，我先一人發一張面膜，開始敷臉，美甲達人吳佩慈幫大家修指甲；范范幫忙擦指甲油；范曉萱幫小S染髮……

一轉眼，見面聊的全是媽媽經。

比我早兩個月懷孕的佩慈，原本是七仙女中年紀最小的，出道也比較晚，在演藝圈總是我們給她意見，但在懷孕這件事，她就變成了大姐，成了我諮詢的對象。

她是一個很愛做功課的人，奶瓶、奶粉、尿布……都會先把各品牌都買回家，把所有的嬰兒用品都試用評比一番，然後選定最好的一款，我只要跟著她用就很安心。

佩岑雖然比較晚懷孕，但是她有很多老外同學會介紹許多很先進好用的產品，讓我多了許多選擇。像是她介紹給我的兩用食物處理器，一頭蒸食物，另一頭直接打成泥，

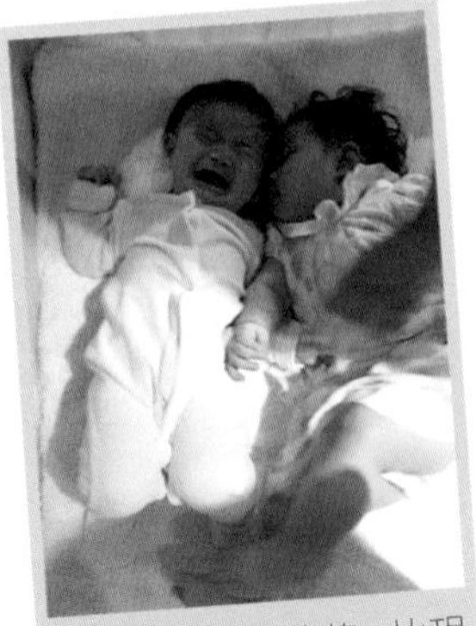

佩慈的寶貝小蕊蕊，比玥兒大兩個月，又是一場活生生的硬戰！

實在太方便了。

我也會看各種調理嬰兒副食品的書籍，然後把心得分享給大家。

我還有一個很大的貢獻就是減肥經驗，提醒大家千萬不要胖太快！以免後悔莫及！

有了我的前車之鑑，就連范范這樣的瘦子，也一早就開始看營養師，沒讓自己胖太多。

再來，不要聽信小S的讒言。她太特別了，沒辦法當一般人的參考標準。

懷孕中的佩岑嘴饞，在聊天室嚷著好想亂吃，小S馬上鼓動她，我就大力阻止：「看看我就是活生生的例子！」

我妹有個綽號叫「瞎眼饞」。從小就是動不動就嘴饞，想吃東吃西，東西買來了，都只挑最精華的部分，吃個兩三口，食慾一直有被滿足，但懷孕也幾乎沒什麼發胖。

分享寶貝們的成長過程也是充滿驚喜，誰家的寶貝叫媽媽了，誰家的寶貝又做了什麼讓人哭笑不得的傻事……在我們的聊天群組裡，分享這些孩子的生活點滴，已經取代了過去的保養、精品的交流，心思全跟著小孩轉，以前真的無法想像，我們也變成了婆婆媽媽的一群。

一起長大的姐妹，希望我們的女兒也會成為姐妹！

姐妹們從少女一路相伴，一起笑過、瘋過、也哭過，到如今成了幸福人妻、有兒女萬事足的媽媽，走到不同的人生階段，這種感覺真的很奇妙。好像不久前，我們還一起去日本旅遊血拼、喝到爛醉如泥，連回飯店的路都找不到，那個瘋瘋癲癲、肆無忌憚，曾做出超多糗事的我們，似乎一夜之間都長大了！一切像是發生在上輩子的事，變得好遙遠。

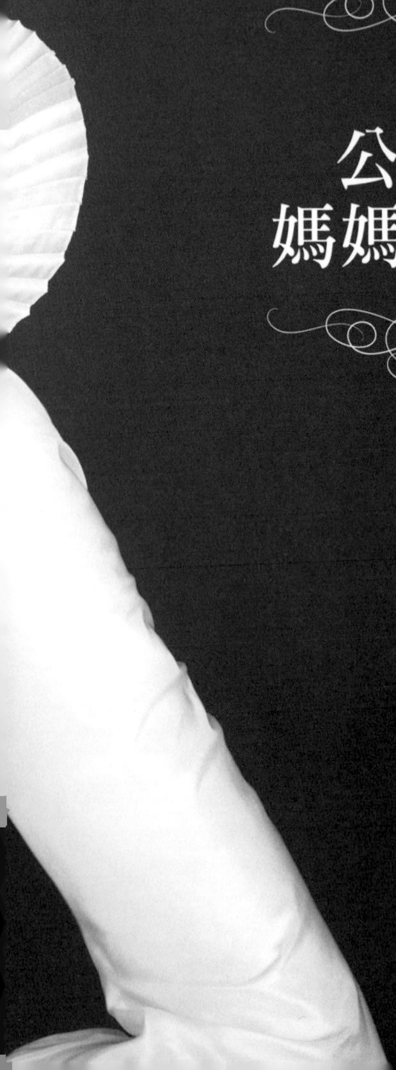

# Part2

# 公轉、自轉，媽媽繞著女兒轉

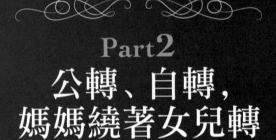

# 10 關於愛的方式

愛一個人有很多種方式，不一定擔任最前線照顧者的人，就是最愛對方的人；照顧是一種愛、承擔是一種愛、支持與守護也是一種愛啊。

## 媽媽說爸爸唱

在懷孕期間，我沒做過什麼胎教，就是孕婦盡量維持愉悅的心情、均衡飲食，我覺得就很足夠了。有一些媽媽會對還在肚子裡的寶寶說話，像我妹她就非常著迷於這件事。之前她懷孕的時候，買了「孕婦麥克風」這個東西，可以對著肚皮講話。後來到我懷孕了，她就把孕婦麥克風送給我，要我也對寶寶喊話一番。

殊不知我是一個非常怕尷尬的人，就算獨處的時候，我也不會對著我的肚皮講話，我覺得這樣做太瘋狂了。醫生也說，拿那個麥克風對著肚皮，聲音會非常的大，媽媽平常講話小孩就聽得到了，根本沒必要用麥克風。

我老公也是不會跟肚子裡的小孩講話的人，有一次我叫他去跟她講話，說書上寫說懷孕後期，爸爸可以跟小孩多講話、建立感情。其實我是抱著看好戲的心態，因為我不覺得這個時候有什麼好建立感情的。結果老公也覺得這樣做實在是太尷尬了，所以他就唱起了解放軍進行曲……

「為什麼對著我的肚子唱這種歌！」是想讓女兒變女中豪傑嗎？真是令人哭笑不得。

雖然我的身體變成了一個孕婦，裡面有一個小孩，可是她還是她、我還是我，她只是借用我的身體而已。生產前，只有每次產檢完，我會在心裡跟她說謝謝，謝謝她還活著，並且默默期許她是一個善良慈悲的小孩。

玥兒應該是聽到了媽媽說的話，現在像天使一樣乖。至於爸爸唱的歌，幸好沒記得啊！

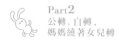

情人與小三

比起我，老公跟女兒相處的時間相對少很多，不過他是真的很疼愛女兒，每次看到女兒都很高興。

大家都說，女兒是爸爸上輩子的情人，很多爸爸有了「小三」，就會冷落「正宮」老婆大人。

不過在我們家，狀況好像不太一樣，因為我眼中只有我女兒，我都跟他講說女兒是我的，所以我也不覺得那是他的情人，我反而覺得女兒是我的最愛，只想跟女兒過兩人世界。老公比較像多出來的「小三」。

這樣形容是有點太誇張了，但玥兒出生之後，我的生活重心跟注意力的確都轉移到她身上，每天起床就想著女兒今天要幹嘛、可以陪她做些什麼事。一方面也是因為，老公得要台北、北京兩地跑，沒辦法一直陪著我們。

也還好有這個疼我們、愛我們的老公，我和玥兒母女倆才能過得安心悠哉。雖然在我懷孕期間，老公還是不怎麼體貼，也不買冰棒給我吃，連生產那一天都還在跟我妹吵架；可是不得不說，自從他當了爸爸之後，的確有變得比較成熟跟冷靜，也越來越有父親的穩重風範了。

小菲的個性其實不太會照顧人，看他之前壓到我點滴管的事就知道了，當然也不太會照顧嬰兒。大多數時候，老公只會看著女兒可愛的模樣，逗逗她玩、親親她的小臉。

但我覺得這樣就夠了。

愛一個人有很多種方式，不一定擔任最前線照顧者的人，就是最愛對方的人；照顧是一種愛、承擔是一種愛、支持與守護也是一種愛啊。

「謝謝你保護我們，玥兒爸爸。」

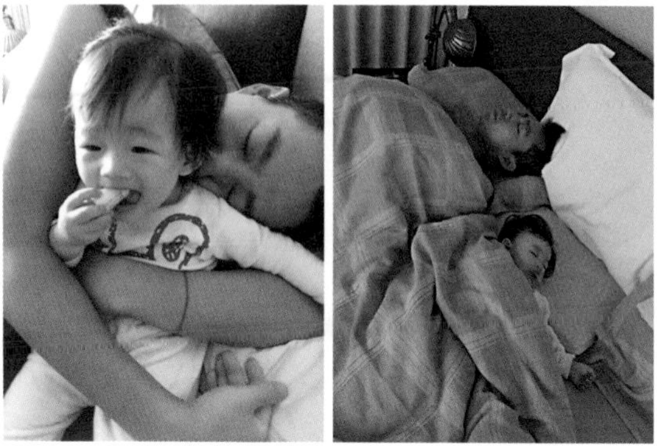

都說女兒是爸爸上輩子的情人，好像所言不假哪！

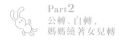

# 11 扁頭妹又如何？

一個女生只要正面臉型很漂亮就足夠了，真的不必要求到這麼完美，整顆頭都要那麼漂亮，我的要求並沒有那麼高。我的女兒都已經那麼乖巧、那麼可愛了，做媽媽的還要求這個，那不是太過分了嗎？

## 妳不需要變天才

對於小孩的教育，我沒有想說一定要將她培養成怎麼樣的個性，或是成為怎麼樣的人。

在玥兒出生前，我從來沒買過如何「培育」寶寶的這類書籍，只看方法類與工具類的書，因為我覺得每個小孩有她自己的個性，應該順從她的性格和興趣來養育她，而不是硬要她變成父母心中的哪種理想、或哪種樣子。

因為我妹已經有三個女兒，在這方面，她的許多經驗跟意見都是很好的參考，也會幫助我少走一些冤枉路。就像有些媽媽會給小嬰兒做腦力開發，像什麼黑白書、七田真那些的，都滿盛行的，不過我自己並不想讓小孩太早去接觸。

我妹妹的大女兒有嘗試過做腦力開發，但感覺沒有什麼效果；她的二女兒沒有做，可是她們長大以後的聰明程度是差不多的。她的小女兒則是完全都不碰那些東西，連 Disney 出的整套的錄影帶也沒看，那時候二女兒還有看。小女兒什麼都沒有接觸，仍然聰明到不像樣。

現在玥兒還是個小嬰兒，我不會期待她去做腦力開發、變成什麼智商超高的天才兒童，我不會抱持著這種想法。

我覺得嬰兒只需要一個好的生活環境，家裡安全措施做好，盡量保持安安靜靜的。像我就會跟我老公說你不要再講話那麼大聲，大吼大叫的，也會跟家人說不要在嬰兒旁邊一直碎碎唸，如果有什麼事

情，簡單地說就好，不用吵鬧，這樣嬰兒的個性就不會毛毛躁躁的。當她吃東西、或是我教她什麼、或我幫她做什麼的時候，也盡量不要在旁邊指指點點，這樣她的注意力才不容易被分散。

很多事情不用操之過急，等那個階段到了再去做該做的準備，目前就給她她所需要的東西就好，我想這樣對小孩來說，也是一種簡單、快樂的成長方式。

## 妳不需要頭很圓

有的媽媽很在意小孩的頭型圓不圓，都讓小孩採取趴睡的睡姿，像我妹跟妹夫、還有我媽媽，他們都非常支持讓小孩趴睡，所以姐姐和妹妹小孩的頭都很圓很圓。

他們叫我一定要給小孩趴睡，但我怎麼樣也不願意，因為趴睡有造成嬰兒猝死的風險啊。

我對他們說：「我好不容易才生下一個小孩，老蚌生珠耶！萬一因為趴睡死了，你們誰給我負責任啊？」

當初也是我妹講一大堆風涼話，勸我盡情地吃不用節制，結果害我現在變那麼肥，也沒人管啊！還是我自己得減肥瘦身，每天活生生餓得要死、拚命做運動，不能時時刻刻陪伴我的女兒。這次我不要再相信他們的讒言了。

我妹就跟我說：「妳女兒已經頭扁了，跟我女兒比沒有那麼圓。」

我回答她：「這是遺傳，妳看妳跟姐姐都是圓頭，我就是扁頭，妳們的小孩都是圓頭，我的小孩就是扁頭、還有一點招風耳，代表這完全就是遺傳。」

後來，我妹幫我找了一家製作頭型矯正器的中心，她帶我們去詢問之後，醫生說：「妳女兒現在馬上戴，三個月就會好了，不然就太遲了。」

「意思是說，現在改變睡法還來得及嗎？」我問他。

「戴這個帽子三個月就會好。」不管我怎麼問，醫生就是堅持這個說法。

我還滿怕這種像詐騙集團的講話方式，而且聽起來就有語病啊，所以我二話不說就不給玥兒戴了。

現在玥兒自己會翻身了，就盡量讓她側睡就好，漸漸的，頭也沒有那麼扁了。她有一點自然捲，等頭髮留長以後，只要後面稍微刮一下就蓬啦，根本不用去管頭扁不扁的問題，而且她的額頭很漂亮，我

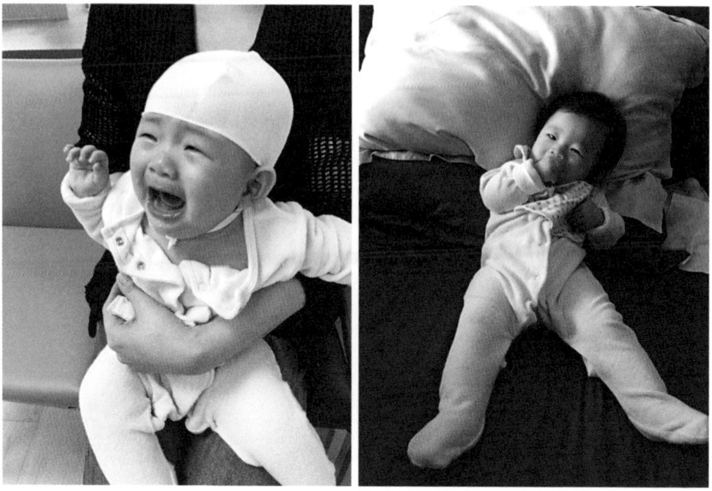

左／小Ｓ說玥兒頭扁，介紹我去一家訂製治扁頭的矯正中心，光看玥兒只是套上紗布就哭成這樣，我立馬改變心意！老娘也是扁頭！還不是活得好好的！
右／大長腿無誤！

覺得這樣就夠了。

一個女生只要正面臉型很漂亮就足夠了，真的不必要求到這麼完美，整顆頭都要那麼漂亮，我的要求並沒有那麼高，只要我以後幫她梳一個好看的髮型，就可以遮過去了。

我的女兒都已經那麼乖巧、那麼可愛了，做媽媽的還要求這個，那不是太過分了嗎？

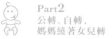

## 12 女兒奴的行程表

工作上，我是個節奏很快很快很快的人，對自己的要求就是快狠準，像個女超人。現在我是女兒的奴隸了，每日每日都為了她而活，完全都不想工作了，只想照顧她、想跟她聊天，聊屬於嬰兒的天。

### 育兒是天生本領

當了母親以後，會變得很忙嗎？會忙到每天都睡不飽嗎？坦白說，我覺得一點都不會，照顧孩子真是太快樂、太美妙了！

之前我妹跟我說，照顧小孩的保母很重要，建議我一定要請一個，還說她這輩子最感謝的就是她的保母，幫了她很大的忙。不過對我來講，保母其實不是那麼必備，我妹對照顧小孩不是很得心應手，這卻是我天生就十分擅長的事。不知道為什麼，我天生就很愛照顧嬰兒，像是換尿布、餵奶，幫嬰兒洗澡，做這些事我都樂在其中。

雖然我有請一個保母，但幾乎還是我親手料理玥兒的大小事，每天都在跟保母搶著做，一開始她會很慌張、覺得自己怎麼都沒幫上忙，我還跟她講說：「冷靜、不要慌張，妳就去睡個午覺吧！」因為真的很閒啊，沒事情可以做。

嬰兒從出生的時候開始，就一直都在睡覺比較多，除了吃奶以外的時間，幾乎都在睡覺，所以真的沒有什麼事情好忙。平常餵奶的時候，大人們也是醒著的比較多。

有很多媽媽說，從小孩出生後她就沒睡飽過，因為他半夜還需要喝奶、或是會哭鬧什麼的。這一點玥兒就像個天使，她只有剛出生的前兩個月需要喝夜奶，兩個月以後她就會睡過夜了。而且，她晚上九點就睡著了，一直睡到天亮大概八、九點才起床，中間都不用吃奶，等她起來再餵她吃就好。

睡覺也是，雖然我一定會哄她睡，可是玥兒不喜歡大人一直抱著她，因為她會熱得滿頭大汗，只要把她放在床上，她自己翻滾來翻滾去，翻個兩圈就睡著了。

保母都會偷笑說：「我們這個孩子怎麼會這麼乖！真的是老天爺賜給我們的禮物！」我心裡很想跟她講說：「是賜給我的，不是妳的。」保母也很愛玥兒，想說怎麼會有這麼好康的事，帶到這麼乖巧的孩子。

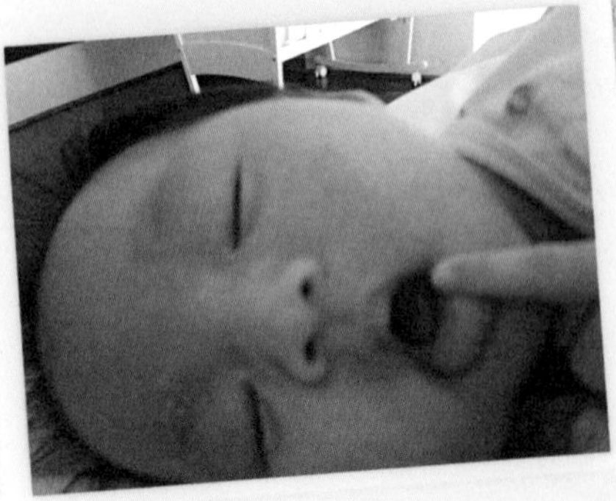
撩人的嬰兒～

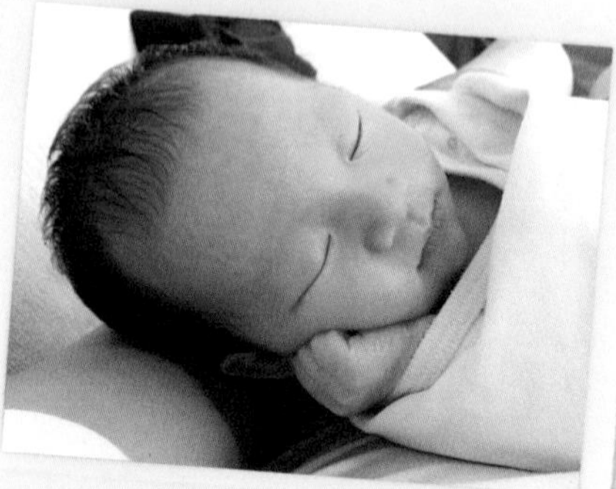
實在太可愛了！

We love you！

## 不想工作只想她

我每天早上一張開眼睛，第一件事就是看女兒。有時候我比她早起，有時候她比我早起。如果比我早起，她醒來就會自己在床上翻滾、吃奶嘴，啊啊啊在那邊講嬰兒語，等大人們起床。

現在玥兒比較大了，除了固定的照顧工作以外，就是陪女兒玩。她非常喜歡看我唱歌跳舞，每次唱跳給她看、做各種口技給她聽，她就會笑得很高興。她也很喜歡玩照鏡子遊戲，因為已經慢慢開始認識自己了、懂得看鏡子做表情了。

我還會讀故事書給她聽，挑比較簡單的故事講，太長的故事她還聽不懂前因後果。一些有互動功能的故事書，通常小小孩都滿喜歡的：像是會動的書，例如《小熊會舔舔舔》，你拉小熊的舌頭牠就會動，就可以跟她講說這裡是舌頭、這裡是眼睛。也有觸感的，什麼東西摸起來毛茸茸的；還有按下去就會有聲音的書；或是認識顏色、認識水果的書，一些簡單的物品介紹。

不過小孩注意力集中的時間很短，通常聽不了多久就會不耐煩，這時候我就會改跟她玩別的東西，等過一陣子再回來玩原先的。

玥兒開始長牙了，所以會買可以啃、又能讓她知道是什麼形狀的玩具，每個小孩都一定會有一隻的蘇菲長頸鹿，還有蘇菲的好朋友們，她也都有。但她不是很愛固齒器這種東西，她比較愛奶嘴。

跟小孩相處真的非常不一樣，什麼東西都得謹慎小心，也要放慢節奏、耐心以對。工作上，我是個節奏很快很快很快的人，對自己的要求就是快狠準，像個女超人。現在我是女兒的奴隸了，每日每日都為了她而活，完全都不想工作了，只想照顧她、想跟她聊天，聊屬於嬰兒的天；腦袋好像腦死了，除了聊嬰兒話，你叫我去主持節目、跟大人訪談，還真的沒辦法。

前陣子開始復工，還好只是短短的時間，工作一結束，我很快就衝回家了！

真的是一刻都不想離開她！我的小心肝肝肉肉球啊！

第一次坐車車回家囉！

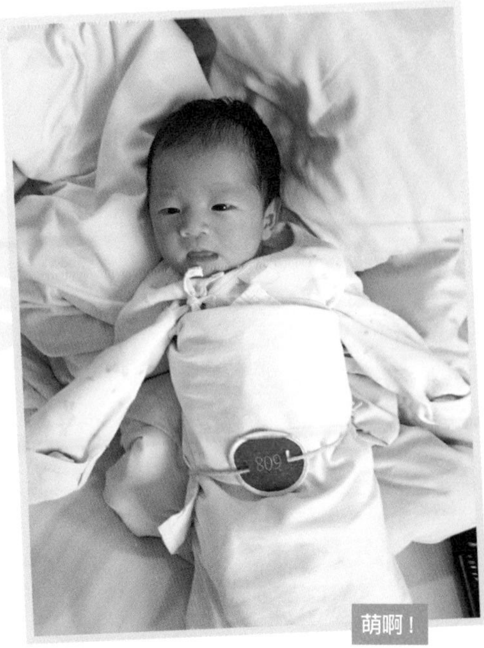

萌啊！

跟媽媽一起狂睡！還是家裡舒服～

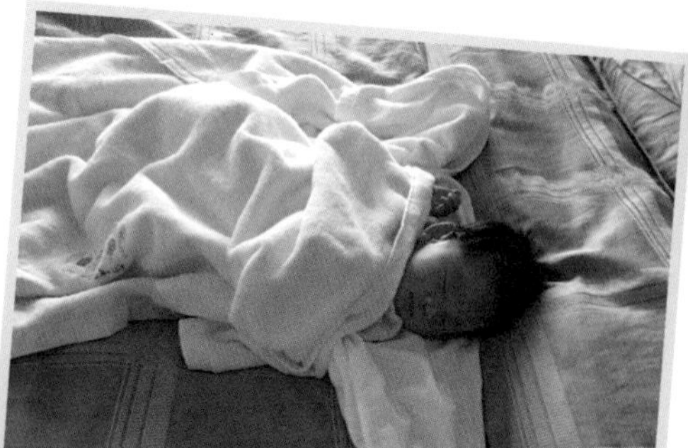

回家立刻躺在爸爸媽媽的大床上睡翻了！

## 13 無法忍受的思念

我懷疑自己也有分離焦慮症，無法忍受跟女兒分開太久，目前的忍耐極限是兩小時，一旦超過，就會非常非常想念她，恨不得馬上殺回家。

### ✦兩小時的分離極限

養狗的人都知道，有的狗狗一看見主人出門就「分離焦慮症」發作，會狂叫、胡鬧。我懷疑自己也有「分離焦慮症」，無法忍受跟女兒分開太久，目前的忍耐極限是兩個小時，一旦超過，就會非常非常想念她，恨不得馬上殺回家。

有事外出或朋友聚會，我都以兩個小時為單位，活動範圍以離家近的地方優先，減肥做運動也頂多安排一小時，或是把教練請來家

每天只想和妳在一起！

醒著、睡著都要狂親！

一秒都不想分開！

裡，不然我會一直想念她，根本無法安心待在外面。

經常被問到何時打算復出？我自己也不知道。

望著書架上越堆越高的工作邀約，各種企劃案、戲劇、電影腳本，其中也有不少很吸引我的工作，但是只要一想到可能會跟她分開一段時間，我就猶豫了。儘管製作單位都承諾至少一星期可以往返，但對於現在的我來說，兩、三天沒看見她一定受不了，離家一星期更是天方夜譚。

## 遙不可及的旅行

小玥兒快一歲了，我妹妹一直在等待時機，積極想促成日本之旅，只有我們姐妹和媽媽，像以前一樣，暫時放下一切，母女團盡情血拼玩樂，但是我還是婉拒了，因為我根本不可能放下玥兒去旅行。

「什麼？妳都沒有想偶爾逃避小孩？」她覺得太不可置信。「不會趁機溜出來喝個小酒嗎？」

「在外面我會很想很想她，喝小酒在家也可以喝，隨時可以看見小孩，不是喝得更自在嗎？」

我想，每個媽媽的個性還是有所不同吧？我可能算是一個黏人的媽媽。

我妹很失望，覺得她期待已久的夢幻之旅，似乎一時之間還是遙不可及。

跟小菲去加拿大參加家人的婚禮，照片後是尼加拉瓜大瀑布，但實在是太想女兒了！三天兩夜就飆回來！

# 14 隱藏版大女兒

不知道為什麼，看到小孩子長大，我都會覺得很心痛，因為小嬰兒實在是太可愛了，妳可以一直瘋狂地親她、寵溺她。但是小嬰兒長大以後，變成了一個獨立自主的個體，似乎就離妳越來越遙遠。

## 不捨得妳長大

雖然我很晚才擁有自己的小孩，不過在我心中，玥兒之前永遠有一個大女兒的存在，那就是我妹妹的第一個小孩 Elly。

Elly 出生的第一年是我帶大的，所以我跟她感情很好、很親。從我妹懷孕到剖腹生產，Elly 來到這世界的第一個瞬間，我都陪在旁邊，所以當我抱著她時，就跟抱著自己小孩的感覺一模一樣，就是像我的女兒。

我將 Elly 視如己出，我家裡擺的唯一的嬰兒照片，也是 Elly 的。

記得有一天，我妹妹他們和小孩來我家裡看我和小玥兒，我就叫 Elly 過來，指著放在客廳的嬰兒照片問她說：「Elly，妳看那照片是誰？」

她說是小玥兒。我說：「不是。妳仔細看。」

Elly 仔細看了看就說：「那是我嗎？妳為什麼要放我的照片？」

「這代表妳永遠是姨媽的大女兒。」我回答她。她聽了很高興。

我要 Elly 答應我一件事，就是不管她多大了，都要讓我親。她很貼心地點點頭說好。

不知道為什麼，看到小孩子長大，我都會覺得很心痛，因為小嬰兒實在是太可愛了，妳可以一直瘋狂地親她、寵溺她。但是小嬰兒長大以後，變成了一個獨立自主的個體，似乎就離妳越來越遙遠。

Elly 現在已經三年級了，看著她襁褓中嬰兒的照片，再看她轉眼間長那麼大了，如果再想像她以後變上班族、出社會的樣子，真的會覺得很不捨。

有時候，我在睡夢中夢到女兒突然之間就長大了，驚醒之後，會衝到她房間緊緊抱住她，好像做了什麼可怕的惡夢一樣。不過每天抱著女兒，還是會感覺到她一天一天越長越大。

之前有一次，我媽來家裡看玥兒，我對她說：「完蛋了！媽，妳看她越來越大了。」我媽說：「那有什麼好完蛋的？小孩長大很正常啊！」

我就很瘋狂地說：「我要把她關進籠子裡，不然她會一直再長大下去。」

我媽忍不住罵我：「妳是變態啊！每個媽媽看到小孩長大都很高興，只有妳想要把她關在籠子裡，想要自己的小孩縮小。」

不是說非得要把孩子縮小，也許應該說，我只是捨不得她們長大，失去那分最原始的單純與美好吧！

在只懂得吃與睡的嬰兒歲月中，世界是如此純粹。

## 徐家的哥哥姐姐們

廣義來說，玥兒有一個哥哥、三個姐姐，就是我姐的兒子和我妹的女兒們。

我姐姐的兒子個性非常像我，很喜歡小孩，我也是從小就很喜歡小孩。他只要看到小嬰兒就會忍不住地想要抱她。我姐姐家離我們家比較近，所以他每次一到我家來，就會主動洗手，乖乖地坐在沙發上，要我把玥兒放在他身上讓他抱。

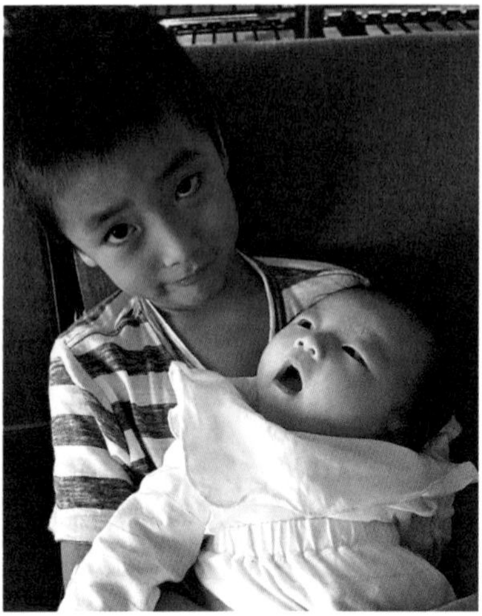

姨媽的愛姪非常疼愛玥兒！因為姨媽也很疼愛米穀！

而妹妹的三個女兒，因為大女兒 Elly 剛開始是我帶的，所以跟我最親近。二女兒 Lily 從小得阿嬤的疼愛，最喜歡黏在阿嬤身上，我們都很少抱，只要一抱她就會大哭，跟我也比較沒那麼親。但是現在 Lily 比較大了，看姐姐很愛我，就發現我其實很愛她們，長大之後才跟我比較好。

她們家老三 Alice 則是非常有個性，誰都不理，她就是從小到大都不讓我抱。現在她已經會趴趴走也會講話了，有一次她看到我坐在椅子上抱小玥兒，就覺得很驚訝，想說我身上怎麼會有一個嬰兒。這時候她才爬到我身上來，對我說：「姨媽抱我。」

在玥兒出生之前，Alice 是全家最小的小孩，連我姐姐的兒了都非常疼愛她，可是突然之間多了一個嬰兒，大家的目光都已經集中在玥兒身上，她就覺得自己要有危

第一次去小阿姨家玩，姐姐們一直做出高危險動作，希望 K 到玥兒，真不懂孩子的戰爭。

機意識，回過頭來想得到大家的疼愛。所以她就覺得，她要給我抱不給我抱那是她的事，但是我不可以抱別人。

看著幼幼版的《甄嬛傳》在眼前上演，真的覺得又可愛又好笑，我妹妹的三個女兒發現小玥兒非常好逗，隨便逗她一下，她就會很捧場地咯咯笑個不停，也變得愛跟她玩了。

小孩子的世界真的很有趣，對吧？

不過我目前不會再想生了，因為我發現要生一個小孩，真的是要擔太多的心了，要死掉好多好多腦細胞，我覺得我不是一個很好的宿主，就專心地守護著玥兒一個孩子吧！

至少，她還有這麼多跟她年齡相近的哥哥、姐姐們陪伴著她，我覺得那就足夠了。

# 15 別說NO！情緒話

小孩子是很聰明的，他們會看大人怎麼說話、怎麼做事，然後就有樣學樣，所以我覺得，與其用一些如何教養孩子的理論來對待小孩，不如大人們從生活中就「以身作則」，慢慢用態度和行為來影響小孩。

## 溫柔地說不行

「睡著的時候是天使，醒著的時候是惡魔。」看過很多媽媽分享育兒經驗，似乎都會這樣形容嬰兒。

好脾氣的玥兒，幾乎沒有大哭大鬧的時刻，就算她覺得不高興、或是不想做什麼，也只是會發出像「嗯——」這樣抗拒的聲音而已。

如果老公在家，聽到玥兒發出抗拒聲的時候，就會不知道從哪裡衝出來說：「怎麼可以發出這種聲音！」意思就是說：她怎麼可以有脾氣？

我就會兇我老公說：「關你什麼事啊！」叫他走開，不要來管教我的女兒。

因為我覺得，管教小孩的語氣跟態度是很重要的，特別是在告訴他們「哪些事不可以做」的時候。

我想她會一年比一年習慣……

曾經看過一本書上說，媽媽可以從一些事情來讓小孩知道「不要」這件事情，就是NO的意思。例如當她的手部開始發展時，第一件會做的事情可能是抓媽媽的頭髮，媽媽就可以趁機來教她NO。我看了覺得滿有道理的，就決定來試試看。

之前我女兒抓我的頭髮，我都是無所謂、任由她抓，有一次我就抓著她的手、跟她講說：「寶貝不可以抓媽媽頭髮喔！」然後輕輕地把她的手扳開。

老公看到我這樣做，我就跟他解釋說我看了那本書，書上是怎麼樣寫的。

玥兒第一愛爸爸，爸爸帶她去逛街硬要用抱的，深怕沒人看見！

之後他再看到我女兒拉我頭髮的時候，他居然就「ＮＯ！」地拍了一下她的手。我就阻止他：「你幹嘛打她！」他就說：「叫女兒不可以抓妳頭髮啊。」

我對老公說，就算是這樣也不要打她、兇她，只要讓小孩知道什麼是「不要」就好了，沒有要讓她覺得是絕對禁止、是多嚴重的事情。同時不准他再打我女兒，不准兇我女兒。

開心地說拜拜

小孩子是很聰明的，他們會看大人怎麼說話、怎麼做事，然後就有樣學樣，所以我覺得，與其用一些如何教養孩子的理論來對待小孩，不如大人們從生活中就「以身作則」，慢慢用態度和行為來影響小孩。

像我們平常跟玥兒講話，都會盡量講「正常」的話，不是說要多正面的詞彙，而是不會在她面前說「討厭吃什麼……」或是「不喜歡去哪裡……」之類的太負面的字眼。

其他像是有威脅意味、恐嚇性的話，我們更是不會說的，我曾經聽過有大人常常對小孩說：「要是你怎樣怎樣，我就打你喔！」或是「要是你不乖，狗狗就會咬你喔！」之類的話，這樣反而會有不好的影響。

膽小一點的小孩可能就心生害怕，叛逆一點的小孩就會想說：那我就故意要去做看看，試試大人會有什麼樣的反應？不論是哪一種，結果都不好。

另外就是，我們也不會讓玥兒只依賴媽媽或只喜歡爸爸，像有些小孩可能誰不在身邊就會一直哭鬧，或是非得要誰陪他不可，玥兒完全沒有這種問題。

有一陣子，保母很愛對我說：「妳走出去，跟玥兒說拜拜，看她會不會哭？」或是我要出門的時候，保母就想要教她演「媽媽要走了，媽媽要走了！」裝出很捨不得、很難過的樣子。我就跟保母說：「妳不要這樣子，因為我每天出門都會再回來啊，不要讓玥兒覺得媽媽好像出門就不回家了。」

我出門前跟玥兒說拜拜都是很開心的，讓她覺得媽媽出門不是什麼大不了的事，很正常的，媽媽很快就會回家了。希望她覺得出門是一件很正常的事，所以語氣也都很愉悅，不會依依不捨的。

就算嬰兒還小，但他們可以很敏感地感受到大人的情緒，多用美好快樂的心情來照顧他們，相信這樣長大的小孩也會是個笑嘻嘻的好孩子。

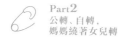

# 16 給妳最好的家

希望孩子在好的環境生活、受到好的影響，進一步期待她可以擁有美好的個性，和一顆善良的心。更重要的是，我希望她能像平凡的孩子一樣成長，不要因為父母的身分而受到過度的注目，開心平順地過每一天。

## 吃得天然營養

在我懷孕期間不怎麼忌口的情況下，玥兒很幸運，是個完全沒有過敏體質的小孩，我想一部分的原因可能是遺傳了爸爸的北京血統，所以比較強壯，連對空氣也沒有過敏。

其實一到秋天，妳就會知道這個小孩是不是過敏體質。像我妹的小孩就遺傳到妹夫，鼻子對空氣過敏，每次一入秋症狀就跑出來。

如果家裡有過敏兒，不管父母還是小孩都滿辛苦的，從身體狀態到飲食到居住環境，幾乎每一樣都要很注意。以台灣的天氣，小孩子會過敏的機率還滿高的。

雖然沒有餵母奶，我還是給玥兒吃成分很接近母奶的奶粉。現在她已經到了可以吃副食品的階段，所以我跟保母就會開始討論要給玥兒吃什麼副食品。

說到吃東西，玥兒在這方面也非常乖，我給她吃什麼她就吃什麼。書上說，小孩一開始如果不習慣，可能就會不吃了，但這樣的情況沒有發生在她身上，

注意看我腰上的凸起物，嬰兒可以坐在上面減輕媽媽的受力，但可以不用買，嬰兒是會扭來扭去的！

第一次踩草地，有點怕怕……

玥兒一點都不挑食。對副食品的接受度也很好，第一天我給她吃她就吃了，叫她「啊」她就張大嘴巴，把食物放進去她就吃起來了。

嬰兒副食品都是從蔬菜類開始吃，磨成泥狀方便進食，之後才會接著吃肉類。玥兒每吃一種蔬菜，我們都會觀察三天，才能繼續吃下一種，因為怕她會有過敏的狀況，所以不能一天吃好幾種。

目前都是弄很簡單的副食品給她吃，還沒有自己研發食譜。我都會在晚上先做好第二天要吃的分量，不過有時候保母隔天會再重做，不然沒事情可以做；而且保母覺得每個人做出來口味不同，可以都讓玥兒試試看。

## 穿得天然平常

有了小嬰兒之後，家裡都是保持滿安靜的狀態，大人講話也盡量輕聲細語，我覺得這樣對小孩的穩定性幫助還滿大的。

玥兒已經會爬了，所以我們先把家裡全部都裝好安全貼，就不用擔心會不小心撞傷的問題。因為她的翻滾能力很強，我也在家裡的瑜伽教室鋪上嬰兒軟墊，讓她擁有足夠大的翻滾空間。她現在雖然會睡在嬰兒床裡面，但她反而比較喜歡睡大人的床，嬰兒床太小，她才翻半圈就翻到底了；翻不過去的時候，她會叫出聲抗議，就會換到大一點的空間。

每個父母一定都會想給自己小孩最好的東西，我們也是，會從她吃的、用的到各種生活用品，盡量講求天然、健康，也會使用無毒有機的東西，跟以前自己使用的不一樣。像洗小孩衣服的洗劑，會使用有機的產品，擠出來還可以吃的那種。

玥兒的穿著，不會幫她打扮得很公主、很貴氣，我反而傾向讓她穿比較正常風格的衣服，就跟一般的小嬰兒一樣就好，等到她長得大一點、開始有自己穿衣服的主見時，再帶她去挑選自己喜歡的衣服。

其實到現在，我們也很少買新衣服給玥兒，到目前為止都是穿人家送的衣服，因為親朋好友實在是送太多衣服給她了，所以都盡量穿人家送的，沒有再多買。除非是圍兜兜，或是吐奶要更換的衣服，不然連外出服都是穿送的。

希望孩子在好的環境生活、受到好的影響，進一步期待她可以擁有美好的個性，和一顆善良的心。更重要的是，我希望她能像平凡的孩子一樣成長，不要因為父母的身分而受到過度的注目，開心平順地過每一天。

這也是每個當媽媽的共同心願吧！

# 17 無敵媽媽筆記術

如果一直靠腦袋來記憶，很容易會想不起來。有很多媽媽覺得自己生完小孩之後好像變笨了、記憶力變差、忘東忘西，其實根本不是那麼一回事，媽媽照顧小孩要做的事情不少，只要做好紀錄就可以節省很多工夫。

## 記錄生活細節

我自詡是一個非常懂得照顧小孩的人，可能平常許多媽媽覺得繁瑣又勞累的工作，在我做來一點都不累、也不麻煩。在這邊跟大家分享一個很棒的方法，可以很輕鬆地掌握到嬰兒的作息跟生活規律。

就是一定要找對工具，要用好用的東西，而且，所有的大小事情一定要用紙筆記錄下來，等遇到狀況的時候才不會慌亂。

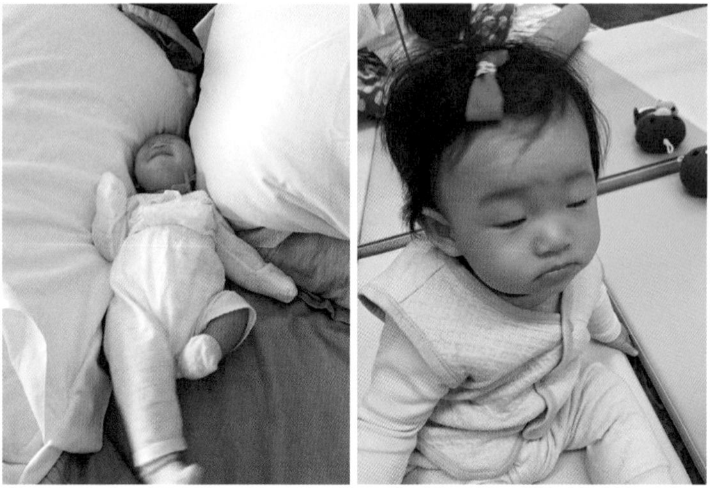

左／偶爾整整嬰兒也是無傷大雅的，當然還是要適可而止！
右／睏得眼睛都睜不開了還要玩！

妳可以拿一本本子，寫下每天小孩在幾點、做了什麼事、相關的分量或狀態？什麼東西只要記下來，就可以很簡單地一目了然，妳就會知道她上一餐幾點吃，知道尿布是多久以前換的。

如果一直靠腦袋來記憶，很容易會想不起來。有很多媽媽覺得自己生完小孩之後好像變笨了、記憶力變差、忘東忘西，其實根本不是那麼一回事，媽媽照顧小孩要做的事情不少，只要做好紀錄就可以節省很多工夫。

玥兒每天起床都要量體溫；幾點有吃奶，吃了什麼副食品，奶粉的分量也會隨著玥兒的體重變化增減；當天幾點大便，也要順便看大便的顏色對不對。她幾點要幹嘛幹嘛，我都有做書面的紀錄，就是要這樣子做，小孩才帶得起來，也才會帶得輕鬆。

如果有時候請其他人幫妳帶孩子，對方只要看紀錄簿，就知道她現在是該吃奶還是該做什麼事情，會哭或是有什麼狀況發生，也很快就能推測得出原因。其他幫忙照顧小孩的人，也要請他們在同一本簿子上做紀錄。

現在我每天一起床都在想女兒今天要做什麼，常常忽略老公的存在，沒注意他在幹嘛，也只能趁玥兒睡覺休息的時候，才能好好關心他。因為他也很愛女兒，不會跟她吃醋。

每個父母都是愛子女更勝過愛自己的啊！

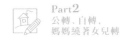

多接觸相關知識

生產前我常常擔心肚子裡的小孩健不健康，女兒出生之後，她有什麼小病小痛我也會很擔心。

記得有一次，玥兒有一點皮膚炎，我就二話不說把她送去醫院。醫生診療之後，跟我說：「這對嬰兒來講很正常，就是一些脂漏性皮膚炎什麼的。」然後醫生就給了我紅黴素，說不管被蚊子咬、或是皮膚有什麼問題，擦這個就可以了。因為嬰兒不能擦太多東西，沒有事情的話，就不要隨便擦藥。

那次我趁機問醫生說：如果她發燒、感染病毒什麼的又該怎麼辦？他回答我：能盡量不要吃藥就不要吃藥，除非是燒到極高度數、或是到很嚴重的程度。我就知道，如果不是病到太嚴重的話，其實要讓嬰兒有自癒能力是比較好的。

另外，也要避免讓嬰兒去接觸危險的環境，或是某些小兒疾病流行的時節要特別注意。之前天氣比較冷，腸病毒很盛行，姐妹或朋友的小孩要來家裡，我們都會問他們有沒有感冒，沒有感冒的才能來我們家。當然，抱玥兒之前，不論大人小孩一定都是要先洗手。

為了照顧玥兒，我會去查一些醫療方面的知識。要是有某方面的困擾或疑問，我也會先查過資料之後再去問醫生。

現在跟姐妹淘討論也很方便，因為很多姐妹都生小孩了，大家的話題都繞著小孩打轉，聊的都是媽媽經。不僅研究嬰兒產品，大家現在也會關注小孩的教育了，玥兒有開始上一些手部運用之類的課程，每天上課只上半個小時，一週兩天。如果她早一點學東西，不用花那麼大的力氣，我覺得這樣比較好；如果她太晚才開始學習，然後要很努力、很辛苦，我覺得那就是浪費時間。（當然這類學習媽媽也可以自己教！）

一家三口滿足了！

我自己一路上都是過關斬將、走一步

第一次帶玥兒去島嶼國家度假，你們覺得她會記得嗎？

算一步，我老公已經開始打聽該去哪裡念幼稚園，但是我妹妹又說，最近有一個德國教育學者的理論，認為七歲時再送小孩去學校就好，七歲之前重要的是家庭教育，不需要太早送小孩去學東學西的。

當下我覺得很有道理，但是轉頭一想，她自己的小孩不都有送去上左腦開發嗎？

想東想西的，父母還沒想清楚，小孩一瞬間已經長大了，計畫永遠也趕不上變化。我現在一心只希望孩子能健健康康地長大，我就沒有別的要求了，也不會期望她要成為多有成就的人。平安就是福，這就是我對玥兒唯一的期待。

蝴蝶蝴蝶生的真美麗～

原本我的寶座，現在讓位了！

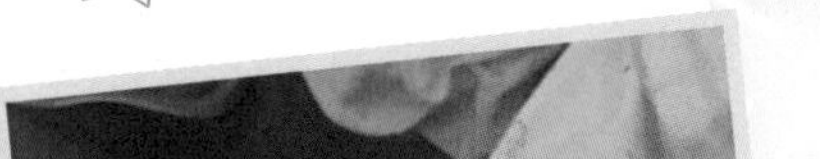

美麗的畫面～

答應我妳會愛我一輩子！

Part3

# 玥兒笑了，我們的世界亮了

# 18 汪澤民，我要軍事教育你！

我要對他採取軍事教育，一個口令一個動作，一定要把他養成對社會有貢獻的人。準備以很硬的方式對肚子裡的這個孩子，想說他要是敢稍微娘一點，或是小家子氣的話，我就狠狠地給他踹出去，然後二話不說就送到北京去，在凜冽的空氣下過生活。

## 是男孩就硬起來！

剛開始懷孕的時候，我們以為肚子裡的嬰兒是個小男孩。

不知道是我的婦產科醫生怕孕婦壓力太大，還是想讓孕婦高興一下，他在幫我照超音波的時候，都會說：「喔～看起來像男生唷！」

我和老公一聽到是男生，我就想說：啊！是男生嗎？那我就要對他採取軍事教育，一個口令一個動作，一定要把他養成對社會有貢獻的人。準備以很硬的方式對肚子裡的這個孩子，想說他要是敢稍微軟弱一點，或是小家子氣的話，我就狠狠地給他送到北京去，在凜冽的空氣下過生活。

我已經默默在心中做好這種心理建設。沒想到做完羊膜穿刺之後，醫生跟我說肚子裡的嬰兒是女生。我心想：女生！那我前面的狠不都白耍了！

老公問我說：「女生，那該怎麼辦？」被推翻的結論讓他措手不及。

「女生怎麼辦，平安就好啦！」我連想都沒想就這麼說。被老公笑說：怎麼差別那麼大？

我說：「女生你要帶回北京養嗎？」

他說：「不要，女生在台灣養。」台灣的氣候四季如春，適合人居，而且北京還有霧霾什麼的，比較不適合女孩子生活，空氣也對皮膚不好。

## 第一個聖誕節！

等小孩生出來之後，本來很堅持要把女兒留在台灣的爸爸，又吵著說要帶回北京，一直在那邊吵吵鬧鬧的。

我們沒有傳統一定要生男孩的觀念，我自己更私心希望是生女兒，因為我真的很喜歡小女孩。

如果玥兒是個男孩，她現在應該已經身在北京，騎在馬背上奔跑了吧。

# 取名學問大

說起玥兒的名字，也是跟一開始誤判性別有點關係。

在我爺爺過世之後，我就決定，如果以後有小孩的話，會用爺爺的名字來當我小孩的名字，做為對他的懷念。這件事情在我心裡是已經決定好的。

後來跟我老公結婚之後，我就跟他講說，如果以後我們有小孩的話，我會用我爺爺的名字來取名。當時他也沒想那麼多，想說到時候再說。

我爺爺叫徐澤民。本來以為肚子裡的寶寶是男生的時候，用爺爺的名字，老公覺得很ＯＫ啊。可是玥兒確定是女生以後，他就覺得名字太男性化了，不行。但我反而覺得女生叫澤民也是很酷很中性。

「你看那個江澤民、黑澤明他們的發音都叫澤民／明，很酷，叫汪澤民會很好聽的。」我對他說。

老公找了個大師算名字，就說「汪澤民」這名字太多「水」了

無時無刻都在笑的玥兒！真是媽媽前世修來的福！

不行，說一定要帶金、帶土的字才行。我聽了以後，去翻了字典查金部與土部的字，一看之下不得了，全部都是那種元素表上才會出現的字，什麼鈦啊、鎂啊之類的。小孩又不是機器人，取這種名字幹嘛？

我對老公說，小孩已經快要出生了，我才不要管這個算命說的話，我要自己取。他就又跑去問那個算命的大師：「可不可以再幫我挑幾個啊？讓我們選，因為我們挑不出來。」

然後那個大師就挑了幾個名字給他，都是那種俗到爆炸的名字。

「一個小孩不管命再怎麼好，被你取了那種名字，就已經是俗到爆、沒有未來可言了！」名字要跟著我的女兒一輩子，我很堅持，怎麼樣都要慎重才行。

到了最後一天，老公又跑去跟大師說，可不可以再最後給他一個名字，對方就給了「希玥」這個名字。

其實我覺得這名字沒有非常好聽，也滿普遍的，而且對我們來說又沒有什麼意義。老公就說：「在字體上來講，會旺我跟旺妳。」

我說我不用被旺，我只要一個好聽的名字就好。後來想說好吧，既然他那麼堅持一定要算命師幫她取名字，雖然這個名字對我來說沒什麼意義，但至少不難聽，所以就接受了這個名字。

我們家的小玥兒差點就成了酷酷的澤民了呢！

玥兒看巧虎唱跳的時候會很高興地跟著唱跳，
但當真人演出的時候就會露出這尷尬的表情！

我的爺爺

想用我爺爺的名字「澤民」，來為孩子命名，是我在爺爺過世時萌生的想法。

我實在太愛爺爺了，他過世時完全無法接受這個打擊。那時雖然還沒有結婚生子的計畫，但是已經在心中許下這個願望，不只是對爺爺的懷念，也期望自己的孩子能夠承襲到爺爺的個性和精神。

爺爺是我從小到大的偶像，他是個非常有幽默感的人，經常講黑色幽默的笑話，也很懂得逆向思考，化逆境為轉機。

年輕時，他經歷過許多戰亂，一路從山東來到台灣；離鄉背井的他白手起家開銀樓養活全家，經歷過相當窮困潦倒的生涯，胼手胝足地拉拔八個小孩長大。

這樣辛苦的爺爺，我卻沒有一天看過他愁眉苦臉或是一副邋邋遢遢的樣子，他永遠把自己打扮得很體面，穿著三件式的正式西裝，每週都去理髮，每天都開開心心地叫我們趕快想想，晚餐要吃什麼好吃的？

有一天，他特地去照相館拍照，然後把照片拿給我看。

「爺爺這樣帥不帥？」

「好帥唷！爺爺這張笑得好好看。」

「嗯！好，那以後爺爺不在了，妳們可以拿著照片，邊看邊想我。」

第一個跨年！懷中露出一對眼睛！

看著他笑咪咪地講這些話，我當場都快哭了。

這就是我的澤民爺爺，幽默又懂得生活、正面樂觀的爺爺。他帶給我的影響也是一輩子的。

## 19 我的百分百女孩

小玥兒，妳就是媽媽的百分百女孩。

在妳還沒來到這世界上，在沒見到妳美麗的臉龐前，我已經深深地深愛著妳。

### 難以形容的母愛

作家村上春樹的知名作品《遇上 100% 的女孩》，形容遇見夢中情人時的心動，那種毫不懷疑、百分百認定真愛就是她，整顆心都被占滿的感覺，從前我以為只會發生在情人身上，原來更有過之而無不及的，竟然是對女兒滿滿的愛。

小玥兒，妳就是媽媽的 100% 女孩。

在妳還沒來到這世界上，在沒見到妳美麗的臉龐前，我已經深深

假笑！

真笑！

地深愛著妳。

整顆心都被妳占滿，整個人都只想和妳黏在一起；看見妳就想笑，看不見妳就想到快瘋掉。妳的大小事，說一百遍也不厭倦，妳的一顰一笑不斷在腦海上演……當了媽媽才知道，母愛原來是這麼一回事。

那跟對父母、丈夫、手足、朋友的愛都不一樣，是親情中的最親、愛情中的最愛，真的很難以形容。

## 形象放一邊

電影中常有霸氣十足的黑道大哥，或是武功高強的武林幫主，天不怕地不怕，就是被自己的女兒吃死死，這似乎就是我的寫照。

我的人生真面目，大概只有我女兒看見，在她面前的我才是最真實、毫無保留也毫無形象可言。從小我就屬於性格比較冷的人，給人的感覺比較偏冷酷、有距離感，就連我的家人、老公，有時也不太敢惹我。唯獨我的小玥兒完全沒在怕，隨時都會偷襲我，拉扯我的頭髮、戳我的眼睛、拔開我的釦子，搞得我向她求饒。

如果看過我怎麼「綵衣娛兒」地逗她玩，一定會驚呼連連，不敢相信那個耍白癡的媽媽，竟然是偶像明星出身的大S本人。

她的地位遠遠比我高，誰教我的喜怒哀樂都被她掌控了呢？

現在的我非常容易快樂，就算只是看著熟睡中的女兒，也覺得很甜蜜滿足。對著她童言童語、見她笑了，我也心花朵朵開，孩子就是這麼容易把媽媽逗樂。

## 好久沒有好好看自己

當了媽媽後，心思都放在小玥兒身上，不知不覺忘了自己。

我樂於過著每天宅在家、專心當媽媽的日子，過了好一段時間，直到為小S的新專輯站台，參加她的〈Elephant Dee & her 90's Friends 徐熙娣&姐妹們的音樂聚會〉，一起重現ASOS成名曲〈十分鐘的戀愛〉，我才不得不走出家門。

雖然身材還未恢復到令自己滿意的程度，但為了心愛的妹妹，當然是義不容辭。到了後台，一位好久沒見到我的化妝師，問我要不要順便修一下眉毛。

「需要嗎？」我拿起鏡子一看，心頭一驚，天啊！這是我的眉毛嗎？何時長出這些小雜毛來的？毀了～毀了，真的太誇張了！我竟然容許雜毛在我臉上出現！

這在過去的徐熙媛身上，是完全不可能發生的事情。我可是美容大王啊！

孕婦野餐都在睡覺！

以前每天化妝時都會仔細檢視自己，哪怕只是一根雜毛、一顆小痘痘、小粉刺、一個放大的毛細孔，我都會立刻找出十幾種方法來殲滅它，絕對不會讓它有機會在我臉上生存。

曾幾何時，我竟然可以這麼久都沒好好攬鏡端詳自己？挑衣服以穿得下、看起來顯瘦為優先，飾品幾乎很少戴，以免女兒抓來抓去；指甲也剪得平平短短，只怕不小心會刮傷她細嫩的皮膚……想的都是女兒，早就忘了自己。

我的目光幾乎都在小玥兒身上，不知多久沒有好好地看看自己了。

# 20 一見妳就笑

我覺得大家都好愛她，是一件很好、很棒的事，所以如果有朋友或親戚要抱玥兒，我就會讓他們抱，等他們抱累了我再接手。或許也是因為這樣，養成了她隨和的個性，老人小孩誰都可以抱她，沒有她不喜歡的人。

## 天生笑嘻嘻

玥兒出生以後，大家看到都說她長得像爸爸。

可是我的家人，我的阿姨、姑媽她們老一輩的，那些看過我小時候的人，一看到玥兒就說：「啊！這簡直就是時光倒流，怎麼會是小時候的熙媛，一模一樣同一個人。」說女兒長得跟我嬰兒時期一模一樣。

我現在跟女兒聊天的時候，都會開玩笑對她說：「玥兒妳跟媽媽可以一人分飾兩角耶！這樣子好方便，酬勞還省一份呢，長大以後換媽媽幫妳演就好啦！」

看著玥兒，確實會想到一些自己小時候的事情，我就會問我媽「我小時候妳怎麼帶我的？」之類的問題，但我媽完全都記不得了，她連我們的生辰八字也不記得。她說她又要工作、又要照顧小孩，哪記得那麼多。

玥兒是個很愛笑的孩子，據說跟我小時候很像，我媽說我見人隨便逗都笑，笑點很低，她也是。她一張開眼睛，你一逗她，就會立刻笑出聲音來；她也很怕癢，搔她癢她就會一直笑。如果兩個人照鏡子一起笑的話，她長了牙齒就真的是小型的我了，很愛笑、很可愛。

就連我當軍人的表哥，身材很高大可是非常愛嬰兒，把她抱起來舉得高高的，也能逗她笑個不停。出門在外的玥兒，也是她見了誰都開心。像我帶她去公園，看到有阿伯在那邊拍手做運動，她就會高興得咯咯笑。阿伯看到玥兒對他笑，很驚訝地說：「這個小孩太有智慧了。」

因為很少有嬰兒會對不認識的老人笑，又笑得那麼可愛啊。

玥兒給老奶奶祝壽，順便啃老奶奶眼鏡！

## 不怕生不怯場

這個每天笑嘻嘻的好孩子，不僅陌生人見到她會開心，家人和親戚更是對她疼愛有加。

有一次我帶小玥兒去看我奶奶，她一見到奶奶就笑了。我奶奶好高興，就說：「小玥兒見老奶奶笑了！老奶奶還不會走！」

因為老一輩的迷信說，如果老人快死的話，嬰兒看到妳就會哭，所以她就說玥兒對她笑，奶奶還不會死。但我們三姐妹和姑姑聽了奶奶的話，嚇得心頭一緊，連忙對奶奶說：「奶奶要走去哪兒啊！奶奶還得看小玥兒嫁人呢！」

有這麼可愛的孩子作伴，奶奶看了心情都快樂起來了，當然會活得好好的！

就算人很多，玥兒也是不怕生，像她滿三個月的時候，老公替她辦了百日宴，那是一場大概有兩百人的大 Party，邀請北京所有的親朋好友來參加。就看到在酷熱的太陽底下，草地上面還有蚊子，連大人都熱到滿頭大汗了，玥兒就這樣被帶出去曝曬；她還第一次穿公主裝，不是穿平常的嬰兒裝，然後要跟每個人合照，但是她完全都沒有哭。

Party從白天一直持續辦到晚上，還要看VCR、跟大家大合照，她全程都醒著，也沒有想睡覺，連哭都沒哭一聲；就算有別的小朋友上來弄她一下，她也沒哭。真不愧是我的女兒，有遺傳到我當藝人的基因，人再多也不怯場。

雖然女兒是我的心頭肉，但我不會死抱著女兒不讓任何人抱她，因為我覺得大家都好愛她，是一件很好、很棒的事，所以如果有朋友或親戚要抱玥兒，我就會讓他們抱，等他們抱累了我再接手。或許也是因為這樣，養成了她隨和的個性，老人小孩誰都可以抱她，沒有她不喜歡的人。

我從來沒有想像過，我小孩的個性會這麼像天使，性情那麼好，又長得那麼可愛。我已經在期待，等她再大一點，可以走路、跑跳的時候，帶她去環遊世界，她一定會是我最好的旅伴，也是最貼心的朋友！

# 21 台北、北京都是我們的停車場

玥兒滿三個月的時候，中國人習慣要辦百日宴，我帶女兒回北京就發現，北京有更多的嬰兒床。嬰兒床送完之後就是嬰兒車，數量多到我家現在已經變成停車場了，很多都是廠商送的，要不然就是朋友送的。

## 嬰兒車車滿為患

在懷孕滿六個月之前，我都還沒有開始準備嬰兒的相關用品。我的好姐妹吳佩慈比我早懷孕兩個月，但她很早就開始準備了。有一天她問我說：「妳打算什麼時候準備採買？」我說：「我不知道。」因為那時候我對於這一胎，一直感到很不安心。

「我很怕我把整個嬰兒房都布置好之後，最後每天站在那邊哭泣。」

吳佩慈聽了之後就說：「妳真的很煩耶！妳為什麼每天都要講這些話來詛咒妳自己。」

我回她說：「不是啊，妳想想看，萬一真的是這樣的話，不是很可怕嗎？我一輩子要活在這個陰影裡耶！等到事情快到了再說吧。」我是真的很怕這樣的事情發生。

到了六個月的時候，她就打來催我，說六個月差不多可以買東西了，所以我就去買了一個尿布台和一台嬰兒車。

後來才發現真的是太早買了，一個小嬰兒要長大到外出坐嬰兒車，需要好幾個月，玥兒到七、八個月坐都還太大；嬰兒籃也是，因為是英國產的，體積很大一個，所以我根本一次都沒有用到。

買了那兩樣東西之後，我婆婆就從日本買了好多嬰兒床給我，各式各樣的嬰兒床，總共有六個那麼多，雖然我有很多朋友都可以用得到，但長輩的好意又不好意思把它轉送給其他朋友。老公就說千萬不行，因為是我婆婆送的，一定要留下來，我家就變成嬰兒床的倉庫了。

更可怕的是，玥兒滿三個月的時候，中國人習慣要辦百日宴，我帶女兒回北京就發現，北京有更多的嬰兒床，而且還有傳統阿姨縫的被子一大堆，親戚們都準備了很多禮物要給她。

嬰兒床送完之後就是嬰兒車，數量多到我家現在已經變成停車場了，很多都是廠商送的，要不然就是朋友送的。有一些廠商打電話說要再送來，我都拜託他們不要送了。家裡全部都是嬰兒用品，倉庫塞得滿滿的。

也因為這樣子，我知道玥兒要用的東西，我只要在前一個禮拜去買好、準備好就好；她要吃的東西，我只要當天現買現做就可以了，不要儲存，不然我家已經儲存了太多東西。（最後我把玥兒用不到的東西送給育幼院，那些孩子更需要這些東西。）

提早準備東西，然後完全沒用上的事情還有一樁，就是在我生產之前，老公已經買好一台高階的專業相機，準備拍我生產的過程，沒想到在試用的過程中就壞掉了。後來我說：「不要囉唆，直接用手機就好，免得到時候不熟悉機器，結果什麼都拍不到。」

我老公他是完完全全的電器殺手，任何電器明明是好的，只要到他手上都會莫名其妙故障或被毀壞。

之前 iPhone6 來的第一天，他剛好也從北京回來，我就送給他了，沒想到隔天他去打完高爾夫球回來已經碎掉了，整個破碎，我真的百思不得其解。

我問他說：「為什麼電器一到你手裡就會自動死亡？」

他自己也不知道為什麼。但是他又愛買電動玩具，3C 產品都要用那種最複雜、最難使用的。像我們家電視不常開，並不是因為我們不愛看，而是因為遙控器一直壞掉，開不了電視；有一次是開了兩

三個月了！第一次搭飛機去北京！一切順利！

天都關不了，才叫人家來關掉。

現在老公台北、北京兩邊跑，我和玥兒住在台北，因為還要跑其他城市，以台灣為據點跑的話還算滿方便的。我很感謝老公自己忙碌奔波，只為了給我們一個安穩的生活環境。

以後要是他因為工作，必須長期離開我跟女兒，或是要我們去哪個城市陪著他，我都覺得很ＯＫ，只要那個城市的環境和氣候，是適合玥兒生活的。像我們目前還不會考慮回北京定居，就是因為北京現在霧霾真的太大了。

等到以後玥兒有自己的主見了，她也可以選擇她想生活與求學的城市，這樣對她來說才是最好的。

# 22 育兒不二法則：請「淡定」

## 別碎唸小孩

當了媽以後，越覺得嬰兒是一種既可愛又奇妙的生物。他們看起來好純淨、好無憂，卻又很敏感，容易察覺到外界的變化，就像我前面提過的，大人們對待小孩、跟他們說話的方式，的確會影響到小孩的個性。

很多人說嬰兒是睡天使、醒惡魔，我是覺得妳不要對小孩碎碎唸，他就不會有惡魔的性子跑出來。如果你一直唸他，一直在那邊：「哎唷，不要拿這個啦」、「妳又給我這樣……」那小孩就會變得越來越毛躁，就會故意丟東西或怎麼樣，做出一些惡魔的搗亂行為。

如果大人們平常都是很冷靜對待小孩，他就不覺得他可以用什麼手段來讓你有不好的情緒，自然就會表現得很正常、很穩定。

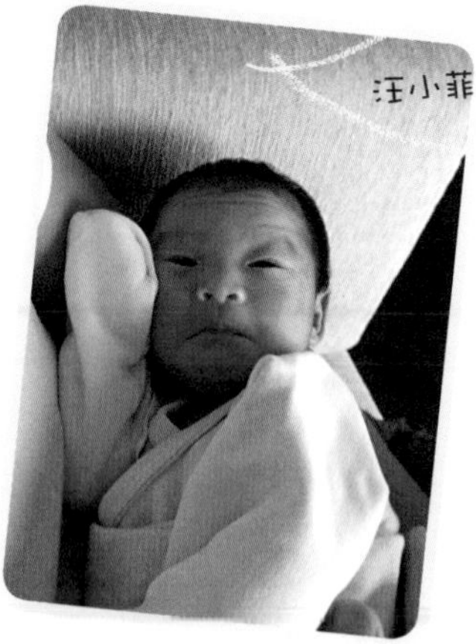

汪小菲復刻版！

小菲嬰兒時期，
有像嗎？

例如，玥兒有時候可能會亂丟奶嘴，當下我就會冷靜地跟她說「不要這樣」，她在我面前丟奶嘴的時候，我也不會有特別大的反應；幾次之後，她就不覺得這是會引起我反應的事情，很快就忘記要做這件事了。

我也都跟家人說，跟玥兒講話的時候，態度要溫柔、放輕聲，如果要糾正她的行為，講的內容也要確定、不能反反覆覆，才不會讓小孩搞不清楚什麼事情是可以做的、什麼事情是不可以做的。

其實小小孩的學習能力也是很好的，不能小看他們，聰明到嚇死人。

別大驚小怪

每天照顧玥兒，跟她生活在一起，雖然她還不會說話，但大人已經可以從她的反應知道她想幹嘛了。

隨著心肝肝越長越大，她開始有了思想、還學會了一些人類的小把戲，不是當初單純的小肉球了，跟其他的嬰兒一樣，也會知道什麼事情可以惹得大人哇哇叫。

前陣子她剛學會抓東西，很愛抓碗、抓湯匙，東抓西抓的。有一次我餵她吃粥，玥兒就突然把整隻手伸進碗裡頭的粥，抓了粥就往身上抹，最後抹到身上、頭髮上都黏了很多粥，椅子上也全部都是粥。

看到玥兒這樣做的時候，我非常冷靜地先將她的手順著從碗裡抽出來，把粥擺到旁邊去，再冷靜地把她的手擦乾淨，從頭到尾都沒有發出任何叫聲。雖然我內心倒抽一口冷氣，很想大叫，還是讓她把剩下的東西吃完。等她吃完之後，再把她抱出來清理乾淨。一切都是在很冷靜的狀況下處理完畢。

幸好這件事情沒有被保母看到，如果有看到，保母通常會很慌張地快步去拿毛巾。可是嬰兒聽到那種快步的聲音，她就會東看西看，想說發生什麼事情，也會跟著不安躁動，或是反而會覺得這樣很有趣。

所以，發生這種災難性的事件時，我的步調都會放輕，就算心裡在尖叫也要慢動作處理。像我看到玥兒把稀飯往頭上抹的時候，眼睛會瞪大，但還是不會叫出來。遇到狀況，只要媽媽夠「淡定」，小孩就不會覺得闖禍給大人收拾，是一件可以引起大家注意的事情了。

小肉球出招，媽媽就接招，使出「淡定」絕招應付，就沒什麼好怕的了。

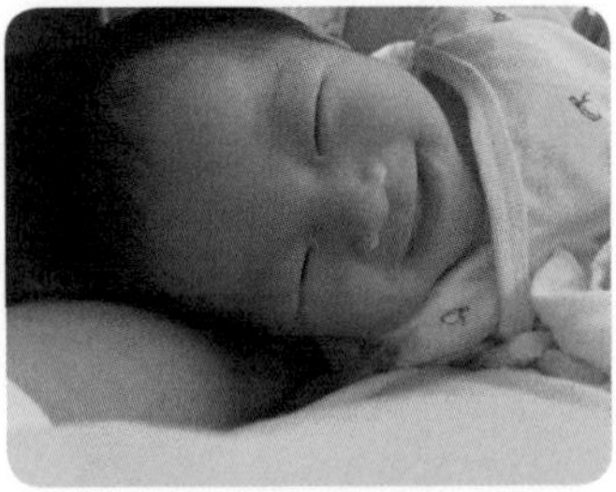

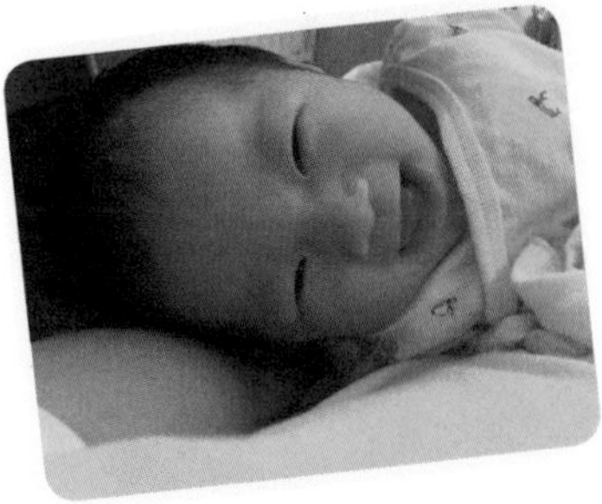

愛笑的玥兒！

# 23 養好小孩靠工具

照顧小孩，真的不要一個人躲起來跟嬰兒對抗，然後遇到挫折自己在那邊沮喪，很多媽媽都會很樂於跟其他人分享經驗，也可以上一些育兒經驗的討論區，說不定自以為棘手的問題很快就迎刃而解了。

## 好工具更安全

生小玥兒之前，我看了不少養育小孩的書，都是關於實際操作類的，像是如何照理小孩、照顧小孩，怎麼幫嬰兒洗澡、嬰兒生病了怎麼辦，還有一些工具要怎麼使用。因為我有我的教育方式，我只要知道那些東西怎麼用就好了。

現在的嬰兒產品發展得很快，常常有很多新的工具和機器出來，幾乎三、五年過後，以前的舊東西就被淘汰掉了。媽媽只要找到好用的工具，照顧嬰兒就可以節省非常多時間，比如說洗澡的工具、副食品的製作機之類的。

有些媽媽自己一個人沒辦法幫新生兒洗澡，可能力氣太小，一隻手要托住小孩就滿吃力的，我有找到一個很棒的洗澡器，它是一個板子可以把嬰兒放在上面，她就不會亂動了，然後讓水一直開著，一下子就洗好了。這樣不但比較省時省力，最重要的是安全性，避免媽媽因為失手讓小孩掉進去水中溺水。

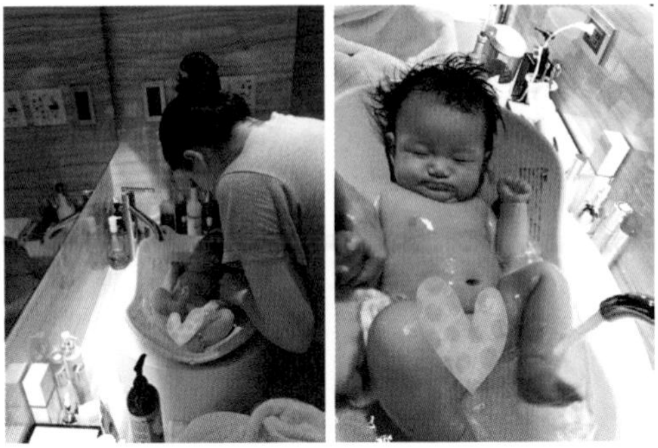

用先進的洗嬰板幫玥兒洗澡，不錯用喔！

我不但很會照顧小孩，連這些照顧小孩的工具也都非常會使用，不太需要看使用說明書，直接用就知道怎麼用。前一陣子玥兒有一點流鼻涕，我第一次使用吸鼻器也很順手。

還有，不少新手媽媽最怕的事就是幫嬰兒剪指甲，因為嬰兒的手會亂動啊，開始會動了就不會乖乖給妳剪，但我可以在三分鐘內把十隻手指頭剪好。而且，大部分的媽媽都會選在睡覺的時候幫小孩剪，我是在玥兒醒著的時候幫她剪，只要讓她看著、她知道大人在幹什麼，她就不會怕了。

## 新工具更省時

現在姐妹淘們幾乎都當媽了，有很多好用的工具都是互相告知、互相推薦，當然不好用的也會提醒一下大家別踩地雷。

照顧小孩，真的不要一個人躲起來跟嬰兒對抗，然後遇到挫折自己在那邊沮喪，很多媽媽都會很樂於跟其他人分享經驗，也推薦可以上一些育兒經驗的討論區，說不定妳自以為棘手的問題，問一下很快就迎刃而解了。

像玥兒已經到了吃副食品的階段，但是製作副食品還滿花時間的，從買材料到洗啊、切啊、煮啊，然後還要磨成泥，做好之後也要清理、收拾，常常做好副食品就花了三、五個小時不止。

不過，我在國外找到一台非常厲害的食物處理器，任何一個媽媽得到這個食物處理器，一定會感動到跪地大哭。

它是兩頭的設計，一邊是蒸、一邊是打碎，使用方法很簡單，只要把所有食物去進去，這台機器按一下就是蒸十五分鐘，想要再熟一點就再按一下，大概按個兩次食物就會蒸到軟爛了；然後把蒸的這邊的棒子拿起來，放在另一端的調理機裡面，食物就會打碎。使用很方便，又很好清洗。

我請人家從美國幫我買了兩台回來，想說台灣放一台、北京放一台，結果朋友多幫我買了一台，所

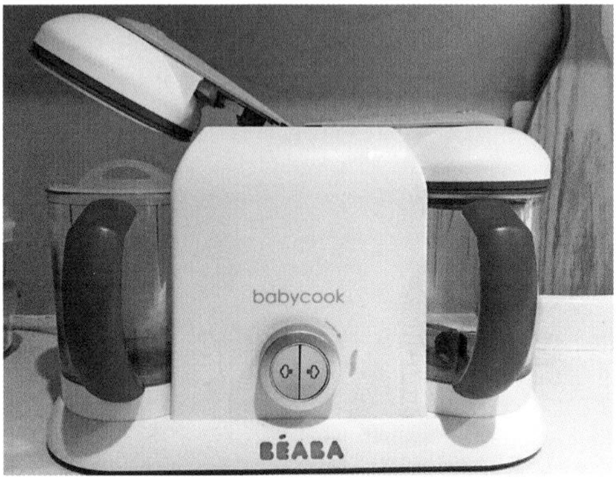


非常好用的副食品製造機！請一定要擁有！

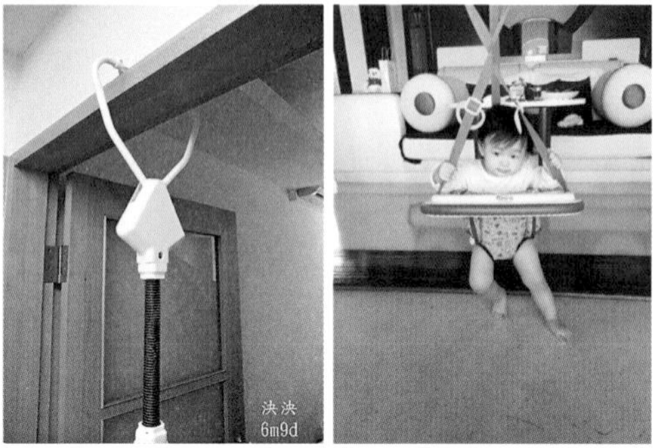


阿雅送來我夢寐以求的跳跳椅！可惜一定要有門框才能裝！只好每次出門就帶著，一有門框就跳不停！

以我就有三台。有一天阿雅到我家來，我說：「阿雅，這台妳快點帶回家用。」因為她的小孩正好到了要吃副食品的時候。她說：「可是妳這台不是要給范范嗎？」

「她的孩子都還沒生出來，生出來也還要四個月，妳的孩子現在就要吃了，不趕快拿回家使用，妳吃的東西還要弄多久？」

結果阿雅拿回家使用了之後，果然跪地大哭，因為真的是太棒、太好用了。

現在網路購物太方便了，這些好用的工具網路上都一定買得到，一點都不用擔心。我很鼓勵媽媽們一定要多借助工具，節省照顧的時間，這樣才有更多心力來陪伴小孩。

# 24 禁止進入演藝圈

由於我的身分，玥兒受到媒體注目是不可避免的，但我仍然不希望她會被拍、被報導什麼的，所以等她的長相慢慢固定下來、不再是小嬰兒長得都一樣的時候，我就不會再公開放她的照片了，再大一點之後的照片只有自己會存著。也希望她以後出去不會被人認出來。

## 拒絕狗仔注目

身為藝人，當妳生了小孩，很多人就會問說：「妳要讓自己的孩子也當藝人、變星二代嗎？」這似乎是個很常見的選項。但是，我並不想讓玥兒進入演藝圈。

我是個生活很平淡的人，沒工作的時候常常宅在家看書，因為我的工作已經是五光十色，希望以外的時間都盡量簡單。但妳很難忘

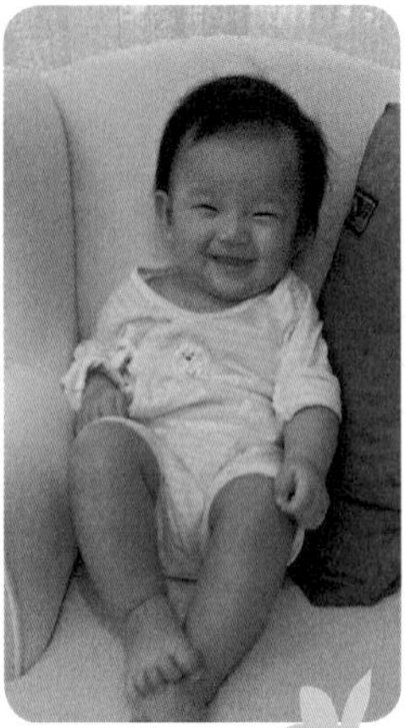

愛笑的玥兒！

記自己是藝人，因為妳只要出門大家就會知道，所以只有在自己家裡才會真正感到放鬆。

剛嫁給我老公的時候，他說我幹嘛一天到晚待在家裡，我就跟他講說我待在家裡才自在，但他就覺得在外面有什麼好不自在的？人家要拍照就跟他拍啊。還覺得出門被注目很過癮，走到哪裡大家都認出我們，這樣很炫，所以他就很想帶我出門。

有時候新電影上映了，他就會說：「某某片上檔了，我們快去看吧！」都要搶在第一天就去看。我說：「幹嘛現在去？要等到負評連連、快下片了，沒人要看了我們再去看。」因為狗仔也很愛看電影啊，不管妳看

多晚的場次都還是會被拍。

但是，老公現在已經不喜歡出門受到注目的感覺了，自從我懷孕被狗仔跟拍那次，他就火大了，覺得其實那樣並不好。我對他說，我們的小孩如果在這樣的情況下被注目到大，會變成什麼樣子？要他看看現在很多藝人的小孩是過哪種生活。

不管台灣還是北京，狗仔文化都一樣盛行，尤其是北京，地方太大了，要找到明星不容易，所以得花很多成本去追。我在北京的家都可以看到對面，狗仔要拍我們實在是很方便。因為自己是過來人，很不希望下一代也是過同樣的生活。

發展順其自然

由於我的身分，玥兒受到媒體注目是不可避免的，但我仍然不希望她會被偷拍、被報導什麼的，所以等她的長相慢慢固定下來、不再是小嬰兒長得都一樣的時候，我就不會再公開放她的照片了，再大一點之後的照片只有自己會存著。也希望她以後出去不會被人認出來。

我們現在每天都一定會用手機幫她拍照，手機很方便，是哪一天拍的都會記錄日期，最近還想去買一台打印機，把照片全部都打印出來。

雖然玥兒有遺傳到我的藝人特質，但我覺得女藝人這個工作不是人幹的，所以不想讓她知道世界上有「演藝圈」這種東西，如果是生男孩子，我就覺得無所謂、可以隨便他。

我們打算能盡量隱瞞就盡量隱瞞，不會讓她去我工作的地方，也盡量不讓她知道我在做什麼工作，幸好玥兒現在不會看電視，也不知道有電視這種東西。

其實我很少擔憂以後的事，我知道這個世界的變化太快了，現在擔憂根本是白擔憂的。

像我老公就會想說，以後要讓玥兒去哪裡生活比較好，還說要在紐約買房子讓她去大城市讀書；我婆婆又說瑞士環境比較好，希望我女兒去瑞士讀書。兩個想很遠的人講一講就會吵起來，我在旁邊聽就想說：你們慢慢吵，我先不加入這個話題。等她長大之後，再看她到時候的興趣是什麼就好啦！

目前只會想說，看看玥兒對哪方面比較有興趣，如果可以早一點發現她的興趣，讓她直接朝興趣發展那是最好，一切就順其自然吧。

玥兒來到我的生命中之後，我變得更容易快樂了，內心充滿了好多好多的喜悅；以前的日子，比較像是從生活中尋找快樂，但現在妳有了個嬰兒、有了自己的孩子，她就像是快樂的來源，一直給妳源源不斷的笑與美好，一直給妳很多的愛，多到讓妳覺得，這分愛強大到足以去愛更多的人。

我想這就是母愛吧！

# 25 陰晴圓缺做自己

陰晴圓缺都是自己的人生，爸媽雖然是永遠的後盾，但是無論多愛孩子，她的人生還是得自己去經歷，我當然希望我的小玥兒，一輩子順順遂遂、無風無雨、完美無缺，但是更期望她有堅強樂觀的性格，無論遇到什麼事情，都能用正面的心態去面對。

## 她是獨立的個體

母愛是很強韌的，看我把自己說成一個「女兒奴」，對她難分難捨的黏條條，一定以為我是個「控制狂媽媽」，但同時卻又可以很淡定面對各種狀況、豁達看待很多事情，並不想替孩子決定太多未來的路。

我很尊重孩子是獨立的個體，希望她保有自己的性格，盡情做自己。只是我很珍惜現階段母女的親暱感，孩子的嬰幼兒期一過，能把她每天擁在懷裡的時光，也就少了。一轉眼，她要上學校、交朋友，很快就會擁有自己的世界，無論妳多想永遠把她捧在手掌心，也得學習放手。

陰晴圓缺都是自己的人生，爸媽雖然是永遠的後盾，但是無論多愛孩子，她的人生還是得自己去經歷，我當然希望我的小玥兒一輩子順順遂遂、無風無雨、完美無缺，但是更期望她有堅強樂觀的性格，無論遇到什麼事情，都能用正面的心態去面對。

培養她面對人生的智慧，比起給她任何財富，都更能擁有圓滿自在的人生。

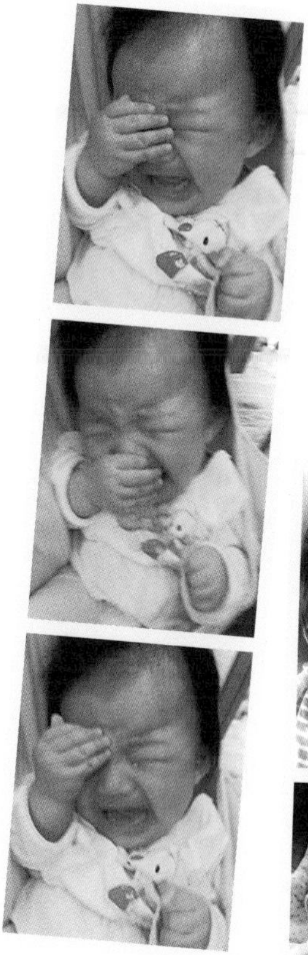

到底為什麼哭得如此戲劇性，莫非是遺傳嗎？

怎麼笑都可愛！

## 孩子要走自己的路

不少人問過我，會不會後悔年輕時去刺青？

這是我的決定，雖然現在想來是一時的衝動，並沒什麼好後悔的；但是，我第一次有想把刺青洗掉的念頭，是因為有了女兒。

我不希望她因為看了我有刺青，而也想去刺青；不希望我的一舉一動影響到她，讓她為了模仿我而去做這些事。

她是獨立個體，她有行動和思想上的自由，我不會給她太多建議或限制；如果是她自發性地想要做什麼，也說得出理由，那就算是要刺青，我也不會反對。

她長大後，如果談戀愛，就算我不欣賞她交的男朋友，我想，我也不會限制她。頂多私下，找一些人去嚇唬那個男的，叫他最好離我的寶貝女兒遠一點?!

哈哈哈……當然，這也只是一個母親的黑色狂想罷了。

我只能盡量給她好的觀念，培養她看男人的眼光，期望她能碰到很好的對象，不要在感情路上受太多傷。

父母能做的，也只是提供一個溫暖的肩膀，在孩子需要時，讓她靠著哭泣、給她安慰吧！

## 隨遇而安的寶寶

「性格決定命運！」我很相信擁有怎樣的人格特質，就會走出怎樣的人生。我的玥兒是個愛笑的孩子，這是她很迷人的特質，我相信，她一定遺傳到了外曾祖父——我爺爺幽默的性格。

她隨遇而安又穩定的個性，也是我覺得很棒的。兩個多月大時，她就可以睡過夜了、不吵不鬧，是個貼心好帶的孩子。

記得第一次帶她搭飛機去北京時，恰巧碰上飛機誤點，我跟保母雖然做了萬全準備，但計畫還是趕不上變化，平時安撫嬰兒的第一招就是塞奶嘴，幫助平衡耳壓；第二招就是喝牛奶，但是該喝奶時飛機誤點，飛機快飛了，又喝了一次奶，卻依然沒起飛，我們都快被嚇死了！非常擔心等一下在飛機上沒招可用，果然，後來飛機是在她的哭聲中下降了。

那是唯一一次，她在飛機上小小哭鬧了一會兒，現在她才十個月大，已經搭過三、四次飛機，也知道什麼是搭飛機，只需要塞奶嘴，就可以讓她乖乖、安靜地飛完全程。

## 會守財的小金牛

玥兒是金牛座的女孩，這個星座踏實守財的特性，現在已經隱約顯露了出來。

她現在常玩一種益智玩具，有很多形狀的積木，要找出三角形的積木，放進三角形的洞裡，挑出圓形的積木，放進圓形的洞裡，把所有的積木都放進相同形狀的洞裡，藉此訓練孩子的識別能力。

我陪她玩的時候，發現她喜歡把所有的積木，全部一把抓在手中，再自己慢慢地放進適合的洞裡，妳可以幫忙她找積木、拿給她，但是千萬別想從她手中，拿走任何一個積木。

老公第一次看她玩，覺得很有意思，就想教她塞積木，我在一邊冷眼旁觀，等著看父女倆的互動；果不其然，當他從她手裡拿走積木時，她氣得尖叫、放聲大哭！哭到滿臉通紅，把我老公嚇壞了。

「她只准你給她東西，可不准你拿她的東西。」我在一旁哈哈大笑，解釋給他聽。

身為爸爸，一直想讓她明白，「爸爸只是玩給妳看呀！」可惜沒用，直到把手裡的積木還給她，才破涕為笑。

老公把這件事轉述給我婆婆聽，讓她極為讚賞，見到小玥兒時，笑嘻嘻地跟她說：「我們小玥兒一定很會理財，奶奶就把錢給妳管囉！」

情人！

## To My Dear……

### 給我最親愛的心肝肝小玥兒：

雖然我費盡了千辛萬苦希望把妳帶來這個世界，
但最終妳的到來，我認為還是妳自己的選擇！
我會做好一個母親，協助妳成長，
但妳畢竟是個獨立的個體，
妳會有自己的使命，而我就是盡力協助妳。
我很愛妳，願意用生命保護妳，
（但願不會有這麼戲劇性的事發生……）
無論妳長大以後成為怎麼樣的人，媽媽都始終愛妳。
我會永遠記住妳現在帶給我的快樂和滿足！
我期許將來我們不單是感情很好的母女，
還能是最要好的朋友！
看著妳一天天長大，媽媽好不捨！
好擔心妳漸漸離開我的懷抱！
等妳越來越認識我，妳會知道我不是一個愛現的人，
出這本書完全是為了給我們彼此一個紀念，
待妳長大了，還有這本書能回味。
我愛妳，為妳千千萬萬遍。

媽媽

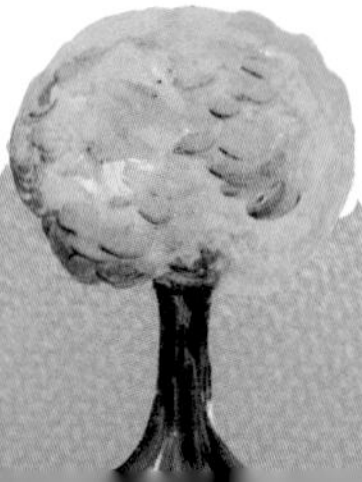

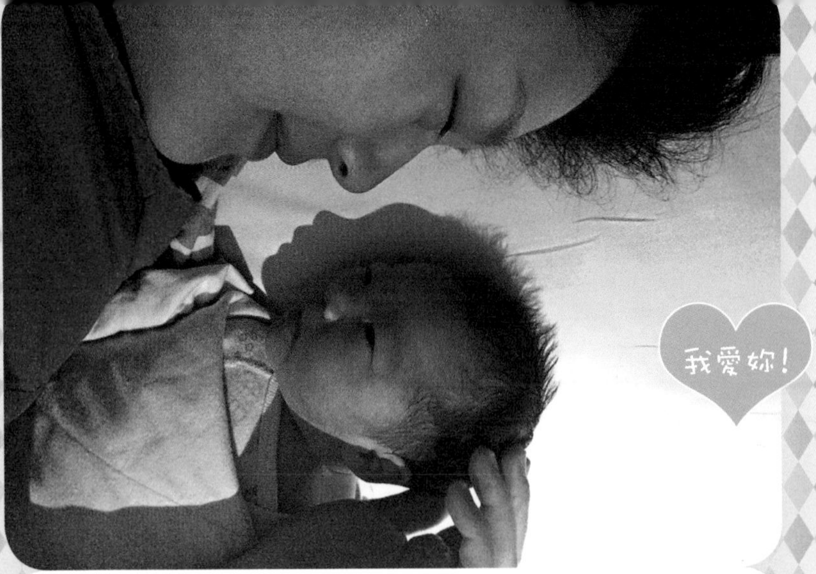


# 後記

準備這本書時玥兒還小，現在她已經會走幾步路了，活動量超大！而我也開始接一些工作。這時發現我妹說的很對：保母實在太重要啦！最後提醒所有孕媽咪：千萬別在孕期胖太多！對媽咪和寶貝都不好喔！祝福所有寶貝都健康平安的長大！

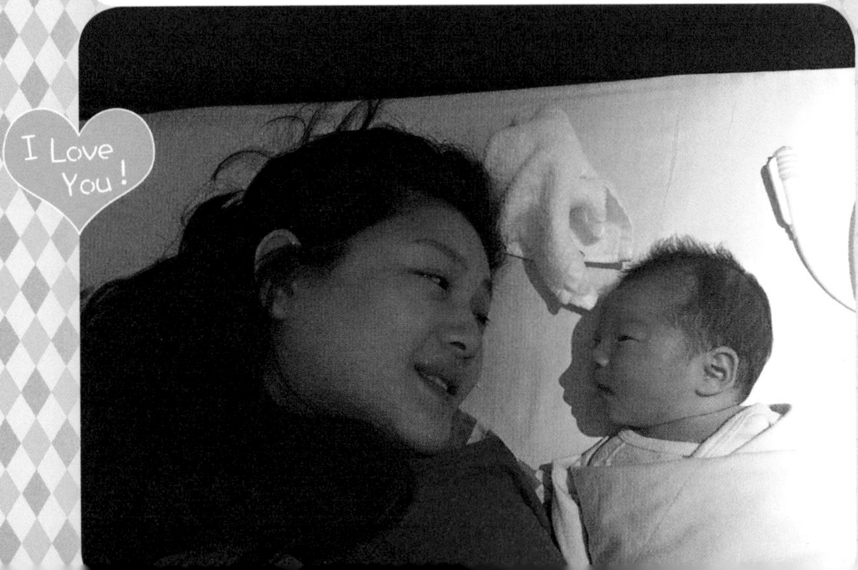

國家圖書館出版品預行編目資料

老娘駕到／大S徐熙媛著. -- 初版. --
臺北市：平裝本, 2015.07 面；公分. --
（平裝本叢書；第0413種）(迷FAN；143)

ISBN 978-957-803-963-6（平裝）

855 104009403

平裝本叢書第0413種
迷FAN 143

# 老娘駕到

作　者—大S徐熙媛
發 行 人—平雲
出版發行—平裝本出版有限公司
台北市敦化北路120巷50號
電話◎02-27168888
郵撥帳號◎18999606號
皇冠出版社（香港）有限公司
香港上環文咸東街50號寶恒商業中心
23樓2301-3室
電話◎2529-1778　傳真◎2527-0904
總 編 輯—龔橞甄
責任編輯—張懿祥
美術設計—程郁婷
著作完成日期—2015年04月
初版一刷日期—2015年07月
初版二刷日期—2015年07月
法律顧問—王惠光律師

讀者服務傳真專線◎02-27150507
電腦編號◎419143
ISBN◎978-957-803-963-6
Printed in Taiwan
本書定價◎新台幣320元／港幣107元